VICTORINE,

PAR L'AUTEUR

DE BLANÇAY, &c.

2

Compos. par Min GORJY.

Est-ce toi Pierre ? — Non ma bonne

VICTORINE,

PAR L'AUTEUR

DE BLANÇAY, &c.

DÉDIÉE A MADAME,

COMTESSE D'ARTOIS.

SECONDE PARTIE.

A PARIS,

Chez GUILLOT, Libraire de MONSIEUR, rue
des Bernardins, la première porte cochère
en face de Saint-Nicolas-du-Chardonnet.

Ier. Mai 1789.
Avec Approbation et Privilége du Roi.

VICTORINE.

CHAPITRE PREMIER.

DE BON AUGURE.

JE fis exactement ce que la Sœur m'avait prescrit ; et j'arrivai sans aucune rencontre fâcheuse dans le canton où demeurait Mme. d'Allgane. (C'était le nom de la Dame dont j'allais réclamer la protection).

La Sœur ne sachant pas précisément le nom de l'endroit où demeurait Mme. d'Allgane, m'avait seulement dit que c'était dans le voisinage de...

II.   A

D'après les informations que j'avais prises à cet endroit, et par le chemin que j'avais fait depuis, je jugeais que je n'avais plus guère qu'une demi-lieue à faire, et je me livrais à toutes les idées pénibles qui devaient me tourmenter au moment d'arriver ainsi chez une Dame inconnue, sans autre recommandation qu'une lettre d'une Sœur Grise, sans autre titre que mon malheur.

Au détour d'un chemin, je me trouve presque au milieu de plusieurs personnes, dont la mise élégante ajouta encore à l'embarras, je dirais presque à la frayeur que me causa cette rencontre imprévue. La manière dont je fus regardée ne me rassura pas. Une seule Dame, qui primait

les autres par sa toilette et par sa
taille, me salua avec affabilité. Aussi-
tôt le reste de la compagnie en fit de
même. Je rendis le salut, et conti-
nuai mon chemin. Après quelques
pas, je me retournai. La grande
Dame me suivait des yeux ; et je
l'entendis qui disait aux autres :
« Elle a quelque chose d'intéressant. »
Encouragée par cette expression et
par l'air engageant de la Dame, je
fus tentée de retourner sur mes pas,
pour lui demander quel chemin je
devais prendre, en appercevant à
une certaine distance plusieurs qui se
croisaient. Si elle avait été seule, je
n'aurais pas hésité : mais les autres...!

Oh ! qu'ils ont tort avec l'infortuné,
ceux qui, favorisés du sort, ne re-

doublent pas *d'accueillance* pour ba-
lancer l'effet que produit sur lui leur
extérieur brillant ! Aussi est-ce toujours à l'homme simple que l'infortuné s'adresse. Il détourne la vue
en passant devant les superbes ave-
nues des châteaux , et vient avec
confiance frapper à la porte de la
chaumière.

J'en vis une au milieu des champs :
j'y dirigeai mes pas. La porte était
ouverte : j'entrai. — « Est-ce toi ,
Pierre ? » dit une femme qui était
auprès du feu , occupée à faire de la
bouillie. — « Non , ma bonne. »
Elle se retourne , m'apperçoit , se
lève sans quitter son poêlon , et me
faisant je ne sais combien de révéren-
ces, dont chacune lui faisait répandre

un peu de sa bouillie.... « Ah !
» pardon, excuse, ma belle Demoi-
» selle. J'croyons que c'était not'fils. —
» Je suis une étrangère. — C'est égal,
» Mam'zelle. Etrangère ou non, fai-
» tes-nous toujours l'honneur de vous
» asseoir. En après de ça, vous nous
» apprendrez à quoi je pouvons vous
» être bonne. — Vous êtes bien hon-
» nête. Dites-moi, je vous prie, si
» je suis encore bien loin de la de-
» meure de Madame d'Allgane. —
» Oh ! mon Dieu ! non. Tout au
» contraire ; car c'est ce beau château
» qu'vous vous voyez là-bas. — Un
» beau château ? » dis-je en moi-
même ; « j'aimerais mieux que ce ne
» fût qu'une maison.... Et la con-
» naissez-vous cette Dame ? — Si

» j'la connaissons ! Mon doux Jésus !
» A qui vous adressez-vous ? Si j'la
» connaissons ! Eh ! c'est not' Sauveur.
» T'nez, ma chère Demoiselle. R'gar-
» dez-moi ces trois berceaux là. Dans
» chacun y a un enfant ; et si ce-
» pendant pour tout ça, j'nons fait
» qu'eune couche. Faut bian rece-
» voir c'que Dieu nous envoie : mais,
» c'est pas pour dire, j'étions déso-
» lée à cause qu'j'étions trop pauvre
» pour tant de famille à la fois.
» Quand je dis qu' j'étions désolée,
» pas tout-à-fait pourtant, parc'que
» j'avions not' repos sur ç'te bonne
» Madame d'Allgane ; et j'avions bian
» raison. Drès qu'all' sut ma peine,
» all' vint me trouver, et all' me dit
» com'ça : *Eh bien ! mère Satrin, tu*

» *nous en donnes donc trois à la fois* ?
» — *Eh ! mon Dieu ! ma chère*
» *Dame !* que je lui fis, *c'n'est pas*
» *l' tout d' les avoir pondus ; faut les*
» *couver, et j'nons pas les ailes assez*
» *grandes.* All' se mit à rire de tout
» son cœur. — *Gn'y a qu'ça qui t'in-*
» *quiette,* refit-alle ; *oh bien ! dors*
» *tranquille. J' m'en charge, moi,*
» *qui ai les ailes plus grandes.* — *Oh !*
» *pour ça, c'est bien vrai, que je lui*
» refis. *Mais c'est qu'vous en avez déjà*
» *tant !* — *C'est égal,* me refit-elle
» à son tour ; *j' m'en charge.* — Je lui
» refis encore : *Oh ! ma figue ! vous*
» *m'ôtez-là eune reude épine du pied.*
» *L' bon Dieu vous en récompensera :*
» *et s'il veut écouter les prières d' la*
» *pauvre mère Satrin, j'vous faisons*

» *bon qu' vous s'rez aussi heureuse*
» *qu'eune Reine.* J'en disons autant
» pour son mari, qui est d' ceux-là
» qu'an n'dirait pas qu'is y touchiont,
» mais qui est itou aussi bon, aussi
» charitable qu' sa femme.

» Enfin, tant y a pour abréger,
» all' s'est chargée de mes enfans. Et
» puis ils ont manigancé avec un
» M. de Vaissy, qui est itou la
» bonté même, et qui vient bian
» souvent chez eux, et d'après c'te
» manigance, y s'est trouvé qu' la
» taille m'a été remise, par une belle
» lettre de Mgr. l'Intendant, qu'elle
» m'a lue elle-même ; par là-dessus,
» j'ons eu eune gratification d' not'
» bon Roi. Ajoutez encore qu' pen-
» dant nos couches, all' n' nous a

» laissé manquer de rien. Et c' qui
» est encor plus, all' nous est venu
» voir tous les jours. Et du depuis,
» all' vient encore souvent bavarder
» avec vot' servante, là tout vulgai-
» rement. C'est vraiment drôle d' la
» voir ici, dans not' pauvre taudis,
» avec ses belles robes, ses belles fri-
» sures, ses biaux chapiaux ous'qu'i
» gn'y a de gros tas de plumes et de
» fanfreluches ; car item, c'est leur
» état à ces gens-là, et ça leur est
» aussi naturel d'avoir des brinbo-
» rions, qu'à nous d'avoir des cor-
» nettes et des bavolets. Et quand la
» différence qu'y a de ç'teux-ci à
» c'teux-là n' fait pas qu'ils nous mé-
» prisiont, ça n'en est qu' plus beau.
» N'est-ce pas, Mam'zelle ? — Sans

» doute. —— Eh bian ! v'là comme elle
» est. Si vous la voyiez prendre sur
» ses genoux mes trois marmots, et
» les baiser !... Mais t'nez ; v'là que
» j' l'apperçois qui quitte sa compa-
» gnie, et qui torne d' not' côté. Je
» sis sûre qu'elle vient ici. »

CHAPITRE II.

L'ATTENTE JUSTIFIÉE.

CETTE annonce me fit tressaillir. J'étais cependant un peu rassurée par ce que m'avait dit cette femme, et en reconnaissant la grande Dame, à laquelle j'avais, quelques momens auparavant, trouvé l'air si affable. La paysanne courut au-devant d'elle; et, quand elle arriva, elle était prévenue. Je l'attendais debout, dans un embarras que mon maintien et le rouge de mon visage devaient assez annoncer. Elle me salua d'un air obligeant. « Vous m'avez demandée,

» Mademoiselle. — Oui , Ma . . .
» ma . . . dame. — Asseyez-vous, je
» vous prie. Pourrais-je savoir . . . ?
Je lui présentai la lettre , ou plutôt
le paquet de la Sœur. Cette bonne
Marotte ! Elle avait écrit pendant une
journée entière , et Madame d'Allgane
en eut à lire pour je ne sais combien
de tems.

J'étais , pendant cette lecture , dans
une gêne inexprimable : mais la
confiance entrait dans mon cœur en
voyant la Dame soupirer de tems en
tems , essuyer quelquefois ses yeux ,
et se dire à demi-voix. « Pauvre en-
» fant ! « Elle n'attendit pas d'être à
la fin pour m'embrasser. « Etre inté-
» ressant , » me dit-elle , « votre
» attente ne sera pas trompée. La
stricte

» stricte véracité de la Sœur m'est
» connue.... » Je l'interrompis en
m'écriant : « O Madame ! » Et je
plaçai sa main sur mon cœur.

« Mère Satrin, » dit-elle à la paysanne, « je reviendrai te voir demain.
» Adieu. » Et s'adressant à moi :
« Venez, ma chère enfant. » Quand
nous fûmes sorties, elle me dit tout
ce que la bonté peut imaginer de
plus consolant, avec cette aimable
légéreté, qui, en paraissant ne mettre
de prix à rien, empêche l'obligé d'être
gêné par le bienfait.

Quoique la longue lettre de la
Sœur eût dû tout dire, je voulus
moi-même raconter à Madame d'Allgane mon histoire. Seulement, soit
fausse honte, soit la crainte de

II.   B

l'entretenir d'objets hideux , je glissai
sur le chapitre de Marianne , par
conséquent sur les détails que l'on
a lus de la manière dont je passai
d'auprès d'elle auprès de M. de Verval : mais avec quelles délices je
l'entretins de ma tante , de mon
amant, d'Azakia , de Marotte ! Et
combien je joüis en la voyant prendre à des êtres si chers l'intérêt qu'ils
méritaient !

Nous approchions du château. Elle
fut pendant quelques instans ou silen-
cieuse , ou distraite. Tout-à-coup....
Je voudrais expliquer le geste qu'elle
fit : mais cela m'est impossible. Si on
veut se le représenter, que l'on croie
voir quelqu'un à l'affut des idées,
en appercevoir une encore à travers

des brouillards, la distinguer, la saisir, et marquer sa joie par un geste : ce sera celui qu'elle fit.

« Ma bonne amie, » me dit-elle, « ne vous étonnez pas de ce que » je vais dire, et conduisez-vous » d'après ce que vous entendrez. » Nous étions déjà dans la cour. Nous entrons dans le sallon. « Mesdames, » dit Madame d'Allgane, qui me tenait par la main, « j'ai l'honneur de vous » présenter ma parente. — Comment ! » c'est cette même personne que tout- » à-l'heure. . . . . » — Précisément. » — Par quel hasard ? — Par une » suite des événemens de la mer. Je » vous ai parlé, il y a quelque tems, » d'un de mes parens qui revenait de » l'Inde avec une fortune immense,

» et qui devait demeurer avec moi en
» attendant qu'il eût acheté une terre.
» —— Je vous demande pardon : mais,
» depuis que nous sommes ici, il
» n'en a pas été question, » dit une
Dame, dont l'air et le ton me cau-
sèrent une sensation désagréable. Le
reste de la société parut être de son
avis. « Bon ! c'est que vous avez ou-
» blié. Voilà comme vous êtes, Mes-
» dames, d'une distraction . . . . !
» Mais cela ne change rien au fait.
» Une tempête, un naufrage, une
» grande fortune réduite à quelques
» rentes de famille. Heureux que
» l'équipage ait pu se sauver. En arri-
» vant à terre, mon parent s'est trouvé
» dans un état qui ne lui a permis
» d'aller que jusqu'au premier hameau.

» Là , après avoir langui plusieurs
» jours , il est mort dans les bras de
» sa fille , de cette aimable personne
» que voilà , en lui recommandant de
» se rendre chez moi sur le champ ; et,
» faute de connaître les moyens de
» se procurer une voiture de Paris
» ici , elle a eu le courage de venir
» à pied , comme vous l'avez vue.
» Cette chère enfant ! comme elle était
» intéressante avec son petit paquet !
» C'est , ma foi ! l'héroïne de je ne sais
» plus quel roman anglais. A pied...
» le paquet dans un mouchoir de
» batiste . . . . . »

La Dame , qui m'avait déjà déplu ,
la prit à part , pour lui dire très-
haut. « Mais ne vous livrez-vous pas
» trop facilement ? Si c'était quelque

» aventurière. . . . . » Puis elle continua de parler bas, pendant assez
long-tems, et avec beaucoup d'action. « Vous me croyez donc bien
» peu réfléchie, » dit Madame d'Allgane ? « Oh ! je ne me laisse pas
» séduire si aisément. Le tems que
» j'ai passé chez la mère Satrin, je
» l'ai employé à examiner des papiers,
» une lettre du père à moi pour me
» recommander sa fille, quelques-
» unes des dernières que je lui ai
» écrites, un testament ; que sais-je ?
» J'en ai une poche pleine. » En
même tems elle fit voir la volumi-
neuse épître de la Sœur, dont le
griffonnage ressemblait assez à un
acte fait par un Notaire de campagne. Elle y joignit, pour faire plus

d'illusion, plusieurs lettres qu'elle se trouvait avoir, et fit un inventaire avec tant de rapidité, qu'elle ne donna que le tems d'appercevoir beaucoup de papiers, sans laisser celui d'en distinguer aucun.

Elle revint à moi. « Pardon, ma
» chère parente : j'oubliais que vous
» devez être bien fatiguée. Venez ;
» que je vous conduise à la chambre
» que je vous destine. Elle est dans
» l'intérieur de mon appartement ;
» et comptez que vous aurez en moi
» une sévère Duegne. — Je vois ;
» Madame, que j'ai une bien digne
» protectrice. »

Je la suivis. Elle marchait singu-
liérement vîte, et riant dans son mouchoir. Quand nous fûmes dans

une troisième pièce : « Ma foi, »
dit-elle , « il était tems que je les
» quittasse. Jamais je n'aurais cru
» qu'il fût aussi difficile de mentir.
» J'avais cependant pris mon grand
» parti. Je devais faire une histoire
» détaillée : mais j'ai été trop heu-
» reuse de gagner la conclusion par
» le chemin le plus court. J'ai vu le
» moment où Madame des Futaies
» m'aurait embarrassée , si la lon-
» gueur de ses observations ne m'a-
» vait donné le tems de r'avoir mon
» courage. A présent, ma chère amie,
» je n'ai pas besoin de vous expliquer
» le motif de cette fable. Elle empê-
» che les conjectures , et prévient les
» observations sur la manière dont je
» veux vous traiter. Ce sera comme

» une fille chérie. Ne croyez pas que
» cette amitié sitôt accordée le soit
» légèrement. Vous m'avez intéres-
» sée, vous le savez, avant que je
» pusse me douter que vous m'étiez
» adressée. C'est assez vous dire
» combien vous prévenez en votre
» faveur : mais, quelque extérieur
» que vous eussiez eu, vous pou-
» viez, en venant sous les auspices
» de Marotte, être sûre d'un bon
» accueil. C'est une femme grossière
» dans ses manières, et cela doit être :
» mais l'opinion que, pendant un
» assez long tems que je l'ai connue,
» j'ai prise de son jugement, de ses
» principes, de sa véracité, est telle
» qu'il aurait suffi de la plus petite
» lettre d'elle, pour que j'eusse donné

» une entière croyance à ce que vous
» m'auriez dit de vos malheurs. »

Je tressaillis : elle s'en apperçut.
« Ah ! pardon , » me dit-elle , « je
» n'aurais pas dû prononcer ce mot...
» Allons, n'y pensons plus, et comptez
» sur tout ce qui dépendra de moi... »
Elle me donna un baiser , que je lui
rendis. « Vous voilà chez vous , »
ajouta-t-elle ; « je vais vous laisser,
» et envoyer ma femme-de-chambre. »
Je voulus m'y opposer. Avant que
j'eusse trouvé ce que je dirais , elle
était partie.

La femme-de-chambre tarda un
peu. Je n'étais pas sans la redouter.
Dans cette classe , on trouve souvent une impertinence qui augmente
à proportion que l'on paraît plus

déconcerté, et je sentais que, pour peu que j'en apperçusse, je le serais beaucoup. Une chose me rassurait. L'aménité de la maîtresse me disposait à augurer favorablement de la femme-de chambre. . . . Celle-ci vint enfin, et confirma cette opinion : un ton décent, un air bonne personne. . . . . J'acceptai ses services sans aucun embarras. Il y eut cependant un moment où je ne pus m'empêcher d'éprouver une certaine peine. Ce fut quand elle dénoua mon petit paquet : mais, au lieu de l'inventorier d'une manière qui aurait pu m'humilier, elle le regarda d'un air touché.

« Ce que c'est, » dit-elle, » qu'un naufrage ! Une Demoiselle

» élevée dans l'abondance , être ré-
» duite à voyager avec si peu de
» choses ! Mais soyez tranquille ,
» Mademoiselle. Vous avez dans
» Madame une parente avec laquelle
» vous ne devez conserver aucune
» inquiétude. Elle m'a ordonné de
» vous regarder comme sa fille qui
» arriverait du couvent , et de vous
» aimer de même. Je sens qu'il me
» sera aisé de lui obéir. »

Quand la demi-toilette que je faisais fut finie, elle me conduisit au
salon.

Les parties étaient commencées.
Madame d'Allgane me fit asseoir à
côté d'elle. Là , dans le silence , je
m'occupai de ma tante , de mon
cousin ; les idées les plus noires se
présentaient

présentaient à mon imagination. A
cette souffrance intérieure, se joignait le désagrément d'avoir en face
cette Madame des Futaies, qui, dès
l'abord, m'avait causé une sensation
pénible, et dont l'œil verron, que
des paupières noires rendaient encore
et plus dur et plus faux, ne cessait
de me lancer des regards qui sem-
blaient vouloir pénétrer jusqu'à ma
pensée. De tems en tems elle se
penchait vers un gros homme placé
à côté d'elle. Comme en lui parlant,
elle ne cessait de me regarder, il
était clair qu'elle s'entretenait de
moi ; et, d'après je ne sais quoi
d'amer qu'elle avait dans la figure,
et dont elle augmentait encore l'effet
par la grimace continuelle d'un rire

II.   C

forcé, il était également clair que ses observations n'étaient pas à mon avantage.

Mon amour-propre s'en affectait peu : mais elle m'inquiétait beaucoup. Je la croyais sans cesse prête à surprendre mon secret. Elle augmenta bien davantage mon inquiétude, lorsque, m'adressant la parole d'un ton scrutateur, elle me dit que je devais trouver une grande différence entre le climat de la France et celui de l'Inde. Madame d'Allgane se jetta à la traverse avec sa légéreté ordinaire. « Eh ! mais sans doute ; ce » sont de ces choses qui ne se de- » mandent pas. » Madame des Futaies voulut continuer ses questions. « Oh ! » je vous demande grace pour elle

» aujourd’hui , » lui dit Madame
d’Allgane. « Fatiguée comme elle est ,
» il y aurait conscience à la faire
» parler. Quand elle sera reposée ,
» à la bonne heure. — Eh bien ! »
reprit Madame des Futaies , « demain
» nous pourrons en causer avec Mon-
» sieur, (elle désignait le gros homme)
» qui connaît un peu ce pays-là , et
» c’est toujours avec un nouveau plai-
» sir que j’en entends parler. »

Il faudrait avoir été à ma place
pour juger de l’embarras que me
causait cette femme. Heureusement
que ma vigilante protectrice mettait
une adresse aussi incroyable qu’obli-
geante à détourner les coups ; et je
ne savais lequel je devais le plus
admirer, de l’aimable légéreté de son

esprit , ou de la bonté de son cœur.
Aussi chaque instant ajoutait-il aux
sentimens que son accueil m'avait
inspirés. Aussi, dès qu'il fut jo ir le
lendemain chez elle , y courus-je avec
l'empressement de la tendresse. Elle
n'en mit pas moins dans la manière
dont elle reçut et me rendit mes
caresses.

« Mon enfant , » me dit - elle ,
» vous m'avez occupée toute la nuit.
» Je me suis d'abord reproché de ne
» vous avoir pas dit que vous pou-
» viez écrire dès hier à ce cher cou-
» sin , à cette bonne Marotte. Je suis
» aussi bien inquiette de votre res-
» pectable tante ; et peut-être le jeune
» homme où la Sœur vous en don-
» nerait des nouvelles : mais vous ré-

» parerez cela aujourd'hui. Je mettrai
» les adresses et un cachet inconnu,
» pour dérouter, en cas de besoin,
» ce méchant homme que vous appel-
» lez votre oncle.

» Ensuite, je veux vous mettre au
» fait du monde que j'ai ici. C'est
» toujours dans le début, et faute de
» savoir à qui l'on a affaire, que
» l'on commet des imprudences. Dans
» votre position, elles pourraient être
» irréparables. »

CHAPITRE III.

GALERIE.

« LE gros homme, dont Madame
» des Futaies vous a menacée pour
» des dissertations sur l'Inde.... s'il
» était ici sans elle, comme il est au
» fond bon et sensible, il suffirait de
» lui dire que vous entretenir sur cet
» objet serait renouveller vos cha-
» grins : mais vingt ans de liaison
» ont donné à cette femme un tel
» crédit sur lui, que souvent elle le
» fait sortir de son caractère ; et,
» si elle veut qu'il cause avec vous
» du pays d'où je vous fais venir,
» je le prierais inutilement de n'en

» rien faire. Au surplus, si les sug-
» gestions de Madame des Futaies
» l'emportent, comme cela sera cer-
» tainement, ne vous en inquiétez
» pas davantage. Il n'a sur l'Inde que
» des notions vagues. Je vais vous
» prêter un manuscrit qui, en peu
» d'heures, vous mettra en état de
» lui répondre.

» Madame des Futaies, que je ne
» reçois qu'à cause de lui, est de
» ces gens qui croient avoir eu raison
» toute leur vie, parce que l'aigreur
» de leur ton a toujours effrayé au
» point que personne n'a jamais osé
» leur dire qu'ils avaient tort. Elle est
» d'une curiosité insupportable, d'un
» cailletage assommant. Vous la verrez
» quelquefois viser chez moi au ton

» de maîtresse, et vous me verrez le
» souffrir par un excès de douceur
» que l'on condamne : mais j'espère
» qu'après ce que je viens de vous
» dire , vous ne vous en laisserez
» pas imposer par la prétention qu'elle
» affiche d'avoir ici la première voix.
» Cependant évitez-la avec le plus
» grand soin. C'est une si intrépide
» questionneuse , qu'il ne serait pas
» toujours sûr pour vous de lui échap-
» per. Au moins vous tiendrait-elle
» continuellement à la gêne.

» La Marquise de Roc-élu, qu'elle
» m'a amenée , et que , par cette
» raison, vous verrez souvent avec
» elle , ne lui ressemble cependant
» pas. Elle est vive , gaie , insou-
» ciante, aimant un peu trop l'épi-

» grame , mais n'exerçant guère ce
» goût que contre les hommes , qu'elle
» tourmente , pour peu que leur sé-
» rieux contrarie sa gaieté. Elle n'est,
» d'ailleurs , point à craindre pour
» vous, parce que , soit indifférence ,
» soit discrétion , elle ne cherchera
» pas à pénétrer au-delà de ce qu'on
» lui aura dit.

» La Comtesse de Grazevol , cette
» Dame blonde , qui parle peu ,
» réunit les qualités les plus douces
» à un esprit très-orné , et ajoute à
» ces avantages celui d'une extrême
» modestie. La Dame âgée est sa
» mère ; elles sont dignes l'une de
» l'autre , et vous les aimerez sûre-
» ment. Il n'en faut pas moins leur
» taire votre secret : mais , s'il vous

» en échappait quelque chose , ne
» craignez pas qu'elles cherchent à
» former la moindre conjecture.

» Je ne vous parle pas de quelques
» hommes. Je leur ai dit que vous
» étiez ma parente ; tout finit là ;
» même pour les deux jeunes gens.
» L'un, fort timide , avec beaucoup
» de moyens pour produire de l'effet,
» a le bon esprit d'attendre à se dé-
» velopper , que quelques années de
» plus lui aient donné de la consis-
» tance. L'autre, très-étourdi, d'une
» apparence très-frivole, mais réelle-
» ment solide et délicat , ne hasar-
» dera pas une seule question dans
» la crainte qu'elle ne soit indiscrette.
» Je desirerais que vous adoptassiez
» l'heureuse philosophie de ce der-

» nier. D'une sensibilité excessive
» pour les choses agréables, celles qui
» ne le sont pas ne l'affectent jamais.
» Un peu balotté par les événemens,
» il a contracté l'habitude de prendre
» le tems comme il vient ; et , dans
» les plus grands revers, une imagi-
» nation riante l'a toujours transporté
» au-delà de leur durée. J'ai , comme
» il le dit assez plaisamment , pris
» de ses almanachs. S'il vous voit
» triste , il vous engagera à en pren-
» dre aussi. Ne regardez cela , ni
» comme un piége pour surprendre
» votre secret, ni comme une preuve
» qu'il le soupçonne. C'est tout bon-
» nement parce qu'il desirera que vous
» soyez heureuse , sans approfondir
» si vous l'êtes , ou non.

» M. d'Allgane . . . . » Elle
ouvrit son secrétaire, et en sortant un
papier qu'elle me donna, . . . « Tenez,
» cette bagatelle vous le fera con-
» naître; vous la lirez dans un autre
» instant. Je me borne à présent à
» vous rassurer sur la nécessité où je
» suis de le prévenir, en lui envoyant
» la lettre de Marotte, à laquelle je
» joindrai l'expression des sentimens
» que vous m'avez inspirés. Comptez,
» ma chère enfant, qu'il les parta-
» gera.

 » Il me reste à vous parler d'un ami
» de M. d'Allgane, qui n'est pas ici
» dans ce moment, mais qui y est
» presque toujours. M. de Vaissy est
» son nom ; trente-six ans, voilà son
» âge. C'est un des hommes le plus
heureusement

» heureusement partagés. Une figure
» noble, une taille avantageuse, de la
» bonté, de la générosité, une ame
» grande, un cœur aimant, et qui
» appelle les autres à lui, des manières
» engageantes qui forcent, pour ainsi
» dire, la confiance.... Vous ne lui résis-
» terez pas : votre secret vous pesera
» avec lui ; vous serez tourmentée
» du besoin de le déposer dans son
» sein .... Vous le pouvez ; il sera
» en sûreté ; et je vous garantis
» d'avance que vous obtiendrez en
» échange ce genre d'intérêt qui adou-
» cit toutes les peines.

» Mais ayez la plus grande atten-
» tion à ne pas lui parler d'Aza-
» kia. Tout ce qui a le moindre rap-
» port à l'Amérique, lui cause une

II.   D

» sensation aussi pénible qu'indéfi-
» nissable. Il y a peu de jours que
» la seule citation d'un fleuve de
» cette partie du monde lui fit une
» impression qui, si elle se fût pro-
» longée, aurait été véritablement
» inquiétante. On ignore le motif de
» cette espèce d'antipathie ; et, quoi-
» que je le connaisse depuis cinq ou
» six ans, je ne suis pas plus ins-
» truite que les autres. Je sais seule-
» ment qu'à l'âge de dix-sept ans
» à-peu-près, il a été appellé en
» Canada par un oncle prodigieuse-
» ment riche, qui lui destinait la
» main de sa fille unique ; mais
» qu'en arrivant il a trouvé la jeune
» personne éprise d'un autre, qu'elle
» a ensuite épousé.

» Peut-être n'en a-t-il pas moins
» conçu pour elle, et nourri une
» passion tellement vive, que tout
» ce qui peut la lui rappeller renou-
» velle sa douleur. Mais ceci n'est
» qu'une conjecture. La connaissance
» du mal que lui auraient fait mes
» questions, m'a toujours imposé,
» comme à tout le monde, la loi de
» me les interdire.

» Vous voilà, ma chère enfant,
» bien instruite, et par conséquent
» bien en garde contre les surprises.
» Cela ne m'empêchera pas de veiller
» à vous épargner toute espèce d'em-
» barras. Je vous promets la vigilance,
» la sollicitude d'une mère pour sa
» fille chérie.... » Je pris sa main
pour la baiser. « J'aime mieux, »

me dit-elle , « le baiser de l'amitié
» que celui du respect. » Nous nous
embrassâmes comme deux sœurs : et
mon cœur fut soulagé . . . . autant
qu'il pouvait l'être loin de ma bien
aimée tante et de Verval.

Je me mis sur le champ à écrire
à ce dernier , sans dater d'aucun lieu ,
dans la crainte que ma lettre ne fût
interceptée. Je l'insérai dans celle que
j'écrivis à Marotte , pour qu'elle la
lui fît passer ; et , le paquet pour la
Sœur , je l'envoyai à une adresse
très-indirecte , dont j'étais convenue
avec elle. Madame d'Allgane mit ,
comme elle l'avait offert , la sus-
cription et un cachet inconnu.

Je m'occupai ensuite de la feuille
et du manuscrit qu'elle m'avait remis.

Celui-ci m'instruisit assez de l'Inde pour ne plus redouter les dissertations dont j'étais menacée. L'autre était le portrait de M. d'Allgane, tracé par sa femme ; le voici.

Sévère pour lui-même, indulgent pour autrui,
Il a de la vertu l'air modeste et paisible.
Sous un air froid et grave il cache un cœur
        sensible ,
Qui, des infortunés sera toujours l'appui.
Au tems de l'âge d'or sans doute il eût dû
        naître :
Nul n'était plus que lui digne de ce bonheur.
Du Ciel qui le forma c'est un oubli peut-être....
Et je jouis du prix de ce moment d'erreur.

Cette bagatelle n'était qu'un très-faible échantillon de son porte-feuille. Il était rempli de choses charmantes, mais qu'elle communiquait peu. A ses moyens en littérature, elle joignait mille autres charmes. Une taille svelte, une démarche noble, de la grace dans ses attitudes comme dans ses mou-vemens, une physionomie expres-sive, l'œil pétillant d'esprit et de sentiment, une voix charmante, qu'elle mariait, en excellente musi-cienne, aux sons de la harpe ; enfin réunissant, à trente ans au plus, les moyens de la jeunesse pour plaire, et ceux d'un âge plus avancé pour obtenir de solides amis.

Je ne reviens pas sur la bonté de son cœur. On a lu ce que m'en a dit la mère aux trois jumeaux ; je ne finirais pas si je voulais citer tous les traits semblables : ils n'ajoute-raient rien à l'idée que j'ai donnée de ma digne protectrice ; et l'on peut juger qu'auprès d'elle mes peines étaient aussi adoucies qu'elles pouvaient l'être. Il n'y avait que cette Madame des Futaies qui empoisonnait le baume que la tendresse versait sur mes blessures.

Ma réserve lui paraissait une défiance outrageante. Les bontés particulières de Madame d'Allgane pour moi, blessaient la prétention qu'elle avait d'être l'objet unique des attentions. Enfin elle me montrait les dispositions les plus défavorables, ne manquait pas une occasion de me dire des choses aigres ; et sur-tout laissait appercevoir une défiance inquiétante sur le roman que Madame d'Allgane avait fait à mon sujet.

Impolie par essence, elle le fut plus que jamais envers celle-ci, qui, de son côté, aussi essentiellement bonne, voyait tomber à moitié distance, sans paraître y faire attention, les traits que ce pygmée femelle voulait lui lancer.

L'arrivée de M. d'Allgane et de son ami, celui dont ma protectrice m'avait fait un portrait si avantageux, ralentit les excursions de Madame des Futaies. Chacun des deux lui en imposa à sa manière. Le premier, d'abord comme maître de maison, ensuite par ce genre de froideur qui, dans l'homme respectable, dont la justice est bien connue, forme une espèce de digue, contre laquelle viennent échouer les projets de la méchanceté. Le second , parce qu'il me prit sous sa protection, dès qu'il me vit attaquée ; et que l'on lui connaissait, quand il s'agissait de soutenir le faible , cette véhémence qui pulvérise les oppresseurs.

Pour moi , dès qu'ils parurent, M. d'Allgane , tout en m'intimidant par son extérieur froid , m'inspira de la confiance et de la vénération. M. de Vaissy. . . . . A son premier regard, je sentis une vibration dans mon cœur , ses premières paroles m'agitèrent ; chaque moment ajouta à un effet aussi extraordinaire. La protection décidée qu'il m'accorda , les graces de sa personne , *l'enga-geance* de ses manières, un ensemble enfin qui annonçait qu'aimer était

pour lui le suprême bonheur. . . . .
Bientôt j'éprouvai, comme Madame
d'Allgane me l'avait prédit, le besoin
de lui confier mes peines. L'atten-
drissement qu'il me montra en les
apprenant, accrut encore le penchant
qui me portait vers lui ; et je ne
fus pas long-tems sans trouver dans
mon cœur un sentiment si vif, que
ma tendresse pour Verval s'en alarma.

Je sentais cependant que, loin de
s'affaiblir, elle prenait de nouvelles
forces dans mes peines, et dans l'idée
de celles que, de son côté, mon
amant devait éprouver. Je me le
confirmais par l'impatience cruelle
avec laquelle je comptais les heures
qui s'écoulaient en attendant sa réponse ; par l'effet incroyable que me

produisit la première lettre , qu'au bout de quelques jours , Madame d'Allgane reçut pour moi....... Hélas ! elle n'était pas de lui : elle était de la Sœur ; et voici ce qu'elle contenait.

CHAPITRE IV.

LETTRE

DE LA SŒUR MAROTTE.

MADEMOISELLE,

J'ai reçu l'honneur de la chère vôtre, qui m'a tant impatientée à venir, que, si j'avais bien su comment mettre l'adresse de l'endroit ous'que vous êtes, il y a long-tems que je vous aurais écrit. Je suis bien aise que vous soyez bien contente de Madame d'Allgane; j'étais sûre d'avance qu'il n'y avait rien de plus certain, que le plaisir qu'elle trouve à obliger, et la grace

qu'elle

qu'elle y met. *Quand Marotte vous a*
adressée là , c'est qu'elle savait bien
ce qu'elle faisait : mais venons à cette
histoire que vous voulez savoir.

Je ne vous parlerai pas que j'ai bien
pleuré , après votre départ ; les larmes,
ça ne sert à rien. N'en parlons plus.
Me v'là à l'heure ous'que j'ai cou-
tume d'aller chez vous. V'là que j'y
vais , comme si de rien n'était ; v'là
que je trouve un vacarme épouvan-
table. C'était votre vilain oncle qui
venait d'entrer dans votre chambre ,
où il ne vous avait pas trouvée ,
comme ça s'entend : il sacrait , ju-
rait , tempêtait , donnait au plancher
des coups de pied à l'effondrer , me-
naçait de tuer tout le monde , demandait des chevaux. . . . . . . « Eh mon

II.   E

Dieu ! » que je lui fis avec un air ni-
touche ; « qu'est-ce que c'est donc que
» vous avez, Monsieur ? —— Ce que
» j'ai ! ce que j'ai ! Victorine......
» —— Eh bien ! ...... —— Eh bien !
» que mille diables la pulvérisent ou
» me la ramènent. —— Comment ? vous
» la ramener ? Et où est-elle allée ?
» —— Je voudrais que ce fût dans le
» dernier fond de l'enfer. —— Quoi !
» Monsieur, est-ce qu'elle aurait pris
» la fuite ? —— Eh ! oui, elle l'a prise,
» cette nuit. —— Et à quel propos ?
» —— Tu le demandes ! Et ne sais-
» tu pas qu'elle est folle de mon fils ?
» C'est lui sûrement qu'elle est allée
» joindre. —— Ah mon Dieu ! c'est
» donc ça que la porte du chemin
» creux n'est que poussée tout contre ?

» — La porte du chemin creux n'est
» que poussée ! Il n'y a plus de doute.
» Et vous autres, sottes bêtes, qui
» n'avez pas encore su vous en apper-
» cevoir..... ! Vîte donc les che-
» vaux. »

Dans ce moment, Bébé vint vous
chercher. Impatienté de ses bêlemens,
il demanda ce que voulait cet animal.
Je lui répondis que c'était une chèvre
que vous aimiez. « Que le tonnerre
» écrase, » *dit-il,* « tout ce qu'elle
» aime ! » *En même tems il lui donna*
un grand coup de pied qui la renversa.
« Ah mon Dieu ! » *m'écriai je,* « elle
» nourrit un pauvre enfant qui n'a plus
» de mère. — Que Lucifer emporte
» et la chèvre et l'enfant, et tout ce
» qui a le moindre rapport avec cette

» enragée hypocrite ! » *Et d'un second coup de pied, il jetta cette pauvre Bébé au bas de l'escalier, où nous l'avons cru morte. Le père de son nourrisson est venu la chercher : il espère qu'il la réchappera. Mais revenons à ce démon incarné.*

Il se promenait à grands pas, tantôt se donnant de grandes claques sur le front, tantôt fermant les poings, comme s'il avait voulu assommer un bœuf. Ses vilains yeux sortaient de sa vilaine tête : il grinçait des dents, et bavait ni plus ni moins qu'un chien enragé.

« Il ne sait pas à qui il a affaire, » quand il veut me l'enlever, » disait-il en gromelant. « Si je les » trouve ensemble, vengeance et

» sur elle et sur lui ! Peut-être aura-
» t-elle eu l'adresse de ne pas aller
» le joindre tout de suite : mais je
» les ferai si bien espionner . . . . .
» Mon impertinente femme paye déjà
» cher sa sotte complaisance. Et lui,
» s'il est coupable, si je découvre
» seulement la moindre correspon-
» dance, sa mort ne sera pas assez
» pour me venger ! Que fais-tu là ? »
*dit-il, en se retournant vers moi,
comme s'il allait m'avaler. Apparemment que sa rage le rendait aveugle ;
car je lui crevais les yeux.* « Si ja-
» mais, » *ajouta-t-il,* « tu répètes
» un mot de ce que tu as pu enten-
» dre. . . . . ,! » *Et il vint me mettre
le poing sous le nez si près, que,
si je ne m'étais pas reculée bien vîte,*

il m'aurait camardée. « Mes chevaux
» donc, insoutenables bourreaux,
» mes chevaux ! »

*Le pauvre Picard est alors venu,
tremblant comme la feuille, et tout
blême, lui dire qu'il pouvait partir.
Il fit quelques pas et revint.......*
« Marotte, » *me dit-il, en me serrant
le bras si fort qu'il en est noir ;* « il
» me vient des soupçons sur toi.
» Prends-y garde ; je te ferai épier.
» Si je découvre la moindre chose,
» songe que l'on ne m'offense pas
» sans me le payer tôt ou tard ! »
*Enfin il partit tout de bon ; et, si
le Ciel avait voulu m'entendre, il
n'aurait pas fait vingt pas sans se
rompre le cou. Mais l'heure de sa
punition n'est pas encore venue. Avant*

d'aller en enfer, ous que sa place est retenue depuis long-tems, faut apparemment qu'il fasse bien gagner le paradis aux autres.

Il est revenu en bonne santé, comme si de rien n'était, après avoir sans doute fait enrager son bon fils : mais jusqu'à présent il n'a fait que du bruit. Picard m'a assuré que Monsieur votre cousin est toujours en vie, et se portant à merveille, quoique bien désolé.

Quelques heures avant le retour de votre démon d'oncle, votre mère Azakia était arrivée, toute déconfite d'avoir perdu son tems à Abbeville : mais ça été bien autre chose quand elle a su que vous étiez en fuite, et que l'on ne savait pas davantage où était

*Madame de Verval. Elle pleurait et
criait que des pierres en auraient été
attendries. C'était sur-tout vous qu'elle
appelait en criant de toutes ses forces.
Elle demandait à tout le monde sa
chère fille ; elle se déchaînait contre
le Ciel, qui lui enlevait encore celle-
là. . . . . . Quand l'incarné arriva,
il demanda ce que c'était que cette
femme. Elle s'avança pour lui dire :*
« C'est la pauvre Azakia qui perd
» encore son unique consolation,
» Madame de Verval et Victorine. . . . .
» —— Malédiction, » *dit-il*, « sur
» quiconque ose les regreter ! » *
V'là qu'elle lui riposte tout de suite :*
« Malédiction sur toi-même qui ose
» en parler ainsi! » *Mon vilain vient
comme un déchaîné sur elle. . . . .*

Oh ! mais , c'est qu'il avait affaire à une gaillarde qui n'était pas man-chotte. Elle vous prend une bûche qui était là , et vous la lui présente , fallait voir ! . . . . . *Lui , encore plus enragé , court à un fusil. V'là qu'elle ne perd pas de tems. Elle lui apos-trophe un coup de sa bûche sur les mains. Elles auraient été de fer , qu'il lui aurait fallu lâcher prise. Alors elle prend le fusil , et lui fait comme ça , en le guinchant* . . . . . . « Il ne » tient qu'à moi d'envoyer ton ame » à l'ange noir. Si tu veux la sauver, » repars tout de suite. . .. . » *Il voulait appeller du secours : mais Azakia lui fit encore* : « S'il s'en pré-» sente un seul , je lâche le tonnerre. » *Ajoutez à cela que personne n'avait* envie de le secourir ; tout au contraire, que je crois bien. A la parfin il est remonté dans sa voiture, qui n'était pas dételée, et est parti, en jurant qu'il aurait vengeance.

Tout ça, c'est ce matin que ça c'est passé, et j'en suis encore tremblante, principalement parce qu'Azakia n'a jamais voulu se sauver, disant comme ça qu'elle veut rester jusqu'à tant que vous reveniez. Moi, d'abord, j'ai quasi été sur le point de lui dire ous'que vous êtes ; mais par après, j'ai pensé qu'on ne pouvait rien contre elle, par justice, et que pour les coups de traîtrise, elle n'avait qu'à ne pas sortir de chez moi, jusqu'à tant que le monstre soit sur la route de Paris, comme il doit y être bientôt.

Et puis, ce qu'il y a de plus fort, c'est que si je lui disais ous'que vous êtes, elle ne marchanderait pas pour y aller tout de suite, et à ça y a encore plus de danger, parce que l'une ferait découvrir l'autre. Enfin, m'a été d'avis que de deux maux fallait choisir le moindre ; et je ne lui ai rien dit. Que not' bon Sauveur la protège, la pauvre femme ; et vous aussi, ma bonne Demoiselle ! Vous n'avez rien à vous reprocher dans votre conscience, c'est là le plus principal ; la Providence fera le reste, et la pauvre Marotte ne manquera pas de dire tous les jours un rosaire en votre intention, ainsi que de Madame d'Allgane et de

Madame de Verval, et de Monsieur
vot' cousin, et d'Azakia.

J'ai l'honneur d'être, sauf votre
respect,

MADEMOISELLE,

Votre très-humble
et très-obéissante
servante

LA SŒUR MAROTTE.

P. S. Crainte de malheurs, j'atten-
drai quelque tems pour envoyer votre
lettre à Monsieur votre cousin, et né
m'écrivez pas avant que je vous aie
encore écrit.

CHAPITRE

CHAPITRE V.

EFFET DE LA LETTRE PRÉCÉDENTE.

Il n'est rien au monde qui puisse seulement donner une idée de l'état où me réduisit cette lettre. Ma tante, ma seconde mère, persécutée pour moi, et sans doute cruellement ; les jours de mon amant menacés ; Azakia, exposée à cause de son attachement pour moi ; jusqu'à cette bonne et digne Marotte..... ! Je tombai évanouie au pied d'un arbre. (C'était dans le parc que Madame d'Allgane m'avait remis cette cruelle lettre). Elle eut beaucoup de peine

II.   F

à me faire revenir ; et ce ne fut
qu'en m'appuyant sur elle que je
pus regagner le château. En m'y
reconduisant, elle m'exprimait son
indignation contre mon oncle , et
cherchait à me rassurer sur les effets
de sa méchanceté par tout ce qu'une
tendresse ingénieuse pouvait lui dicter.
Comme elle prononçait ces mots :
Non, on ne saurait avoir l'idée d'un
monstre comme ce M. de Verval !
nous nous trouvâmes, sans y penser,
dans une allée du parc , qui était la
promenade habituelle de Madame des
Futaies. C'était-là qu'elle venait exhaler les bouffées d'envie qui la suffo-
quaient sans cesse, et faire les combinaisons de son insatiable curiosité.
Elle y était alors. Nous suspendîmes

notre conversation , et fîmes notre possible pour lui dérober l'état où nous étions. Mais nous vîmes trop, dès le soir même , que nous n'y avions pas réussi.

Dans une conversation qu'elle affecta d'avoir devant nous , elle amena à l'improviste le nom de M. de Verval. En même tems elle me fixait de tous ses yeux. Madame d'Allgane , emportée par un premier mouvement , lui demanda si elle le connaissait. « Pas personnellement, » répondit-elle : « mais je connais beau- » coup des gens qui sont très-liés avec » lui. — Tant pis pour eux , » dit Madame d'Allgane , « c'est le plus » indigne........ » Un cri qui m'é- chape l'interrompt ; je tombe sans

connaissance. Quand je repris mes
sens , je me trouvai dans mon lit ,
avec une fièvre violente , ayant auprès de moi Madame d'Allgane, qui
me prodiguait les soins les plus
tendres avec une sollicitude vraiment
maternelle. L'accès de fièvre dura
trois jours , pendant lesquels elle ne
me quitta presque pas. Son mari ,
obligé de retourner à Paris le len-
main de l'évènement , m'avait, à sa
manière , témoigné beaucoup d'intérêt. Madame de Grasevol, sa mère ,
les deux jeunes gens , les domesti-
ques , tout le monde me montra cette
affliction , dont le spectacle émousse
les pointes aiguës des douleurs phy-
siques , et celles mille fois plus acé-
rées des souffrances morales. Mais

personne, excepté Madame d'Allgane, ne me témoignait un intérêt aussi vif que M. de Vaissy. Il était sans cesse avec elle auprès de moi, et prenait part à mes maux d'une manière qui semblait les lui rendre personnels. Plus d'une fois je le surpris ayant une larme sur la paupière. Cette larme tombait sur mon cœur, et pour qu'elle ne renouvellât pas ma crainte de devenir coupable envers mon amant, j'avais besoin de me scruter, de m'assurer de nouveau que ma tendresse pour lui était toujours la même. Lorsque Madame des Futaies venait me voir avec l'ensemble de la compagnie, elle avait un air qui annonçait la satisfaction de s'être mise sur la voie ; et l'intention bien

décidée de ne pas quitter prise que
que sa curiosité ne fût satisfaite.
Cependant elle partit pour retourner
à Paris, le jour même que, malgré
une extrême faiblesse, je me remis
au courant de la société.

A côté de la joie que je ne pouvais
m'empêcher d'éprouver de son départ,
était un noir pressentiment, dont il
m'était impossible de me défendre.
En vain Madame d'Allgane et M. de
Vaissy employaient-ils tout ce qu'ils
imaginaient de plus propre à suspendre mes inquiétudes sur ma bonne
tante, sur mon amant, et à dissiper
les craintes que m'inspirait cette Madame des Futaies. En vain le jeune
homme au consolant systême était-
il sans cesse provoqué à en parler

devant moi. Rien ne pouvait éclaircir la teinte lugubre dont j'enveloppais les objets. Continuellement absorbée par les idées les plus déchirantes, je croyais à chaque instant voir mon oncle, un poignard à la main..... Hélas! ce fantôme de mon imagination frappée ne fut pas toujours une illusion.

CHAPITRE VI.

DÉMARCHE INUTILE.

Un jour que, seule avec Madame d'Allgane et M. de Vaissy, je cherchais au sein de l'amitié consolatrice un allégement à mes peines, nous voyons arriver une voiture inconnue, qui fixe d'autant plus notre attention, que l'on n'attendait personne. Elle s'arrête ; on en voit sortir.... « Je suis perdue, » m'écriai-je en tombant aux genoux de Madame d'Allgane. « C'est M. de Verval ! » O ma protectrice ! ne m'abandon-» nez pas. »

« N'ayez pas la moindre inquié-

tude , » me répondit-elle , « restez
» ici avec M. de Vaissy, je vais rece-
» voir votre oncle. » Elle passa en
même tems dans la pièce précédente,
dont elle laissa la porte entr'ouverte.
Aussi-tôt j'entendis annoncer, et tout
de suite entrer M. de Verval. J'étais
froide comme un marbre ; je me pres-
sais contre M. de Vaissy, qui faisait
d'inutiles efforts pour me rassurer.
Chaque mot, que j'entendais prononcer à mon oncle, me glaçait d'effroi.

« Madame, je dois commencer par
» vous faire mille excuses d'oser me
» présenter ici sans avoir l'honneur
» d'être connu de vous, sans même
» avoir eu celui de vous en deman-
» der la permission : mais il est des
» circonstances impérieuses . . . .

» et j'espère que le motif qui m'a-
» mène m'obtiendra votre indulgence.
» — Voulez-vous bien, Monsieur,
» prendre la peine de vous asseoir ?
» — La bienfaisance est quelquefois
» surprise, Madame ; la vôtre l'a été
» par un mauvais sujet, auquel vous
» avez eu la bonté de donner asyle.
» — Je ne vois pas, Monsieur, de
» qui vous pouvez parler ainsi. —
» Il est question, Madame, d'une
» jeune personne dont, pour mon
» malheur, je suis l'oncle ; qui,
» emportée par une passion ridicule
» pour mon fils, a pris la fuite, et
» est venue se réfugier auprès de vous.
» J'ignore ce qui a pu l'y amener, ce
» qu'elle a pu vous dire : il m'importe
» peu de le savoir, pourvu qu'elle

» me soit rendue. — Il n'y a ici ,
» Monsieur , que des personnes que
» j'aime, que j'estime. — Permettez-
» moi, Madame, d'aller au-devant
» de vos observations , dont vous
» avouerez l'inutilité , quand vous
» saurez que je suis instruit dans le
» plus grand détail ; et, pour que
» vous n'en doutiez pas, je vais vous
» dire comment je l'ai été. Hier, j'ai
» trouvé , dans une maison où je
» vais fréquemment, lorsque je suis
» à Paris, une Madame des Futaies,
» qui, après les premiers complimens,
» m'a pris à part, pour me demander
» *si je vous connaissais.* Je lui ai ré-
» pondu que je n'avais pas cet hon-
» neur. — *Si je n'avais pas connu*
» *un de vos parens qui avait fait nau-*

» frage en revenant de l'Inde, et qui
» avait une fille unique, une fortune
» considérable. J'ai répondu de même.
» — C'est singulier, a-t-elle ajouté,
» vraiment singulier. Il y a quelque
» chose là-dessous, et je donnerais
» tout au monde pour avoir le mot
» de cette énigme. — Il paraît, Ma-
» dame, que ce ne sera pas moi qui
» vous le donnerai. — Cependant,
» Monsieur, ces deux Dames vous
» connaissent beaucoup. Je vous avoue-
» rai même qu'il faut que vous leur
» ayiez fait quelque mauvais tour,
» car elles paraissent bien déchaînées
» contre vous. — Vous m'inquiétez,
» Madame ; oserais-je vous prier de
» me dire tout ce que vous croirez
» capable de me mettre au fait ? —

Oh

» *Oh mon Dieu ! Monsieur, de tout*
» *mon cœur : je serai moi-même très-*
» *flattée d'y être. Il y a certainement*
» *là-dessous quelque mystère qu'il*
» *faut absolument que je découvre ;*
» *et je n'aurai de repos que quand j'au-*
» *rai prouvé à ces discrettes Dames*
» *que l'on n'échappe pas à ma péné-*
» *tration. Au surplus, je vais toujours*
» *vous dire ce que je sais.* »

Madame des Futaies l'avait en effet
instruit de tous les détails qu'elle avait
pu saisir. « Vous voyez, Madame, »
ajouta - t - il à Madame d'Allgane ,
» que je suis bien informé. En rap-
» prochant les dates , les circonstan-
» ces , les signalemens, quelques mots
» échappés à la jeune personne , il
» ne m'a plus été permis de douter

II.   G

» que votre parente ne fût cette
» même nièce dont l'indigne conduite
» a mérité mon courroux. —— Il serait
» étonnant, je vous l'avoue, Mon-
» sieur, que nous eussions des pa-
» rens qui nous fussent communs.
» Cependant, cela supposé, qu'atten-
» dez-vous de moi ? —— Que vous
» ne chercherez pas, Madame, à la
» soustraire à ma juste indignation.
» —— Vous oubliez, Monsieur, qu'au
» cas où la personne dont on vous
» a parlé se trouverait être votre
» parente, elle est la mienne aussi.
» —— Parbleu ! Madame, il est bien
» singulier. . . . . ! Il est bien
» singulier, Monsieur, que vous
» osiez prendre un pareil ton ici.
» —— Madame, tous vos subterfuges

» m'impatientent., et mille démons
» m'emportent moi-même , si tout-
» à-l'heure.....! — Si à l'instant vous
» ne sortez d'ici , dit M. de Vaissy
» en se montrant tout-à-coup. Ma-
» dame est trop bonne de vous avoir
» écouté si long-tems. Puisque vous
» êtes instruit par Madame des Fu-
» taies, sachez que nous le sommes
» aussi , et que nous devons trouver
» bien étrange l'audace avec laquelle
» vous vous présentez dans une mai-
» son , où vous devez croire que vous
» êtes connu. —— Monsieur ! Mon-
» sieur! » répondait mon oncle d'un
air furieux....... « Monsieur , »
lui dit très-posément M. de Vaissy,
« je vous conseille de repartir sur le
» champ ; sinon , Madame appellera

G 2

» ses gens. — Je cède à la force , »
dit M. de Verval en grinçant des
dents : « mais je cours de ce pas
» chez le Ministre , et nous verrons
» si vous pourrez toujours la sous-
» traire à ma vengeance. — J'y serai
» aussi-tôt que vous , Monsieur ; et ,
» si vous osez faire la moindre dé-
» marche , le flambeau de la vérité
» éclairera votre opprobre. »

M. de Verval fut enfin obligé de
partir. Madame d'Allgane et Monsieur de Vaissy s'empressèrent de
venir me rejoindre , et de réunir
leurs efforts pour dissiper mon effroi.
« Ce n'est point , » me dit celui-ci ,
« une vaine menace que j'ai faite à
» votre oncle. Vous m'inspirez un
» genre d'intérêt que jamais je n'ai

» connu pour personne , et je re-
» garde comme un bonheur que votre
» aimable tutrice me permette de con-
» courir avec elle à vous servir. Je
» pars dans l'instant : vous pouvez
» vous reposer sur la vigilance avec
» laquelle j'éclairerai les démarches
» qu'il pourait faire auprès des gens
» en place ; et soyez sûre que , s'il
» a cette audace , les coups qu'il
» voudra vous porter retomberont
» sur lui. Adieu, attachante personne ;
» je vous laisse entre les bras de l'ami-
» tié : un sentiment non moins tendre
» va veiller à votre sûreté. . . . . . »
Le baiser qu'il me donna me causa
une émotion délicieuse, je me sentis
désaffligée ; et ses promesses, jointes
aux consolations que m'offrait la

tendresse de Madame d'Allgane , ra-
menèrent le calme dans mon ame.

Plusieurs jours se passèrent ainsi ;
j'étais même dans une entière sécu-
rité , depuis une lettre de Monsieur
de Vaissy , dans laquelle il faisait
part à Madame d'Allgane du succès
avec lequel il avait rendu vaines les
tentatives que mon oncle avait faites
pour obtenir un ordre contre moi.
Mon zélé protecteur l'avait suivi pas
à pas , avec une constance incroyable , et n'avait cessé de le combattre
avec cette énergie que donne aux
enthousiastes de la vertu la défense de
l'innocence opprimée (1). Enfin il

_____

(1) Le sentiment me fait un besoin de dire
qu'il existe un être dont le portrait et celui de
M. de Vaissy seraient si semblables, que tous

avait forcé mon persécuteur de mettre bas les armes , et l'avait réduit à n'avoir plus que de vaines imprécations pour alimenter sa fureur.

La lettre de M. de Vaissy était en même tems pleine d'expressions plus qu'affectueuses pour moi ; et son courage, son ardeur à me protéger, ajoutèrent encore beaucoup au sentiment qu'il m'avait inspiré. Cependant je retrouvais toujours au fond de mon cœur la même tendresse pour Verval, et je m'accoutumai à y voir ces deux sentimens réunis.

---

deux paraîtraient réciproquement la copie l'un de l'autre. C'est mon bien-aimé Patron , dont les bontés vraiment paternelles renouvellen chaque jour pour moi les douceurs de l'adoption. (Note de l'Éditeur.)

Le même courrier qui avait apporté la lettre de M. de Vaissy , en avait apporté plusieurs autres , au nombre desquelles il s'en trouva une de Marotte.

———

CHAPITRE VII.

LETTRE

DE LA SŒUR MAROTTE.

*M*A *chère Demoiselle* , m'écrivait cette excellente personne , *je vais continuer de fil en aiguille l'histoire de ce qui s'est passé du depuis ma dernière lettre. D'abord, j'aurai l'honneur de vous dire que votre démon d'oncle , puisque oncle y a , n'avait pas badiné quand il avait dit comm'ça qu'il se vengerait de votre mère Azakia. Dès qu'il a été à la ville , v'là qu'il a voulu porter plainte au criminel , et*

dire comm'ça qu'elle avait manqué
l'assassiner. Comme il fallait des té-
moins, le v'là qui appelle tout son
monde, qu'il avait fait venir exprès,
pour leur dire de témoigner contre elle.
Mais bernicle ; gn'y en a pas tant
seulement un qui ait voulu entendre à
cette proposition odieuse. Le v'là à
menacer ; c'était comme de rien ; à
sacrer, jurer, tempêter ; ça n'avan-
çait pas davantage. Quand il voit cette
fermeté-là, il se met à leur faire des
promesses, et ça fut encore perdu
comme le reste. Ceux-là à qui il parlait n'étaient pas de ces honnêtes gens
à qui l'on dit : « fais ça ; » et qui le
font quand y a du mal à éviter pour
eux, ou du bien à y gagner. Enfin
finale, il les a tous chassés, et ils ont

mieux aimé perdre leur pain, que de
vivre par le crime. Quand je dis
perdre leur pain, ça n'est pas à
craindre, parce que le bon Dieu n'a-
bandonne jamais la vertu. C'est Picard, qui est de retour chez sa sœur,
qui m'a conté tout ça.

Le lendemain il est venu ici une
espèce d'escogriffe, qui a l'air d'un
vrai gibier de potence, parlant par
respect, et qui est un des nouveaux.
Il est arrivé avec un ordre au Fer-
mier de le reconnaître comme en façon
de Maître-Jacques. Sa première be-
sogne était de chasser Azakia : mais
cette besogne-là ne lui a pas donné grand'
peine. Azakia dit que la maison est
tombée au pouvoir du mauvais esprit ;
elle n'en approcherait pas pour un
empire.

Ce Monsieur avait encore commis-
sion de me tirer, comme on dit, les
vers du nez : mais je l'ai vu venir
de loin avec son air patelin, et fin
contre fin ne vaut pas pour doublure.
Tu me donnes une mauvaise pièce,
la mienne ne vaut rien, nous sommes
quittes. Quand il a vu que je gardais
bien le poste, il a battu une chasse,
et est retourné auprès de son digne
maître, pour le suivre à Paris.

Hier, sur le soir, v'là que j'en-
tends frapper à ma porte. " Qu'est-ce
" qui est là ? — C'est moi, ma sœur. "
Quoique je ne reconnaisse pas la voix,
je vais ouvrir, et je vois que je ne
reconnais pas davantage la personne,
qui était un grand homme enveloppé
dans une redingote, et qui avait une
mine

mine un peu garnement. *Je ne suis*
pas peureuse ; mais cependant ça me
fit un petit peu d'impression. ——
" Rassurez-vous , ma Sœur , " *me*
fit-il , " v'là un habit qui vous dira
" tout de suite à qui vous avez affaire."
Il ouvre sa redingotte , et je vois un
bel et bon soldat avec la plaque de
vétérance. " Vous avez raison , Mon-
" sieur , " *que je lui dis* ; " v'là des
" brevets d'honneur qui donneraient
" de la confiance à la plus poltronne.
" Asseyez-vous, rafraîchissez-vous..."
Enfin je lui fis beaucoup de politesses.

" Eh mon Dieu ! " *dis-je tout-à-*
coup , " c'est l'uniforme du régiment
" de M. de Verval ! J'avais d'abord
" été si par-troublée que je ne l'avais
" pas reconnu. ——Vraiment oui , "

II. H

me dit-il : « c'est mon Lieutenant ;
» et je viens de sa part. —— Vous
» avez sans doute une lettre ? ——
» Non ; il n'a pas voulu m'en confier,
» parce que je suis un peu sujet à
» boire le petit coup : et , quand
» je suis dans les bredzingues , je
» ne dirais pas un secret pour un
» royaume ; pour ce qui est de
» ça, je suis sûr comme Gibraltar ;
» mais je me laisserais prendre tous
» les papiers de l'univers. Mes preu-
» ves pour ces deux choses-là sont
» faites et refaites. Que voulez-vous?
» chacun a son tic ; c'est là le mien.
» En revanche , je vous ai un zèle
» pour obliger , mordienne ! Je peux
» me vanter qui n'y a pas mon pareil
» au régiment, Y m'a donc dit comme

» ça : — La Ramée , v'là de l'argent
» que je te donne , si tu peux , sous
» quelque prétexte, obtenir du Colonel
» un congé de quelques jours, sans
» faire aucune mention de moi ,
» et ensuite aller , &c. Il m'a tout
» expliqué. — Oui-dà , mon Offi-
» cier. — Quand tu auras trouvé
» cette Sœur Grise , tu lui demande-
» ras seulement de ma part si elle
» sait où est ma parente ; et , pour
» lui bien prouver que c'est moi qui
» t'envoie , tu lui montreras cela.
*C'est la bourse que vous lui avez
donnée, Mademoiselle, quand il est
parti.* « Elle te répondra oui , ou
» non ; et tu reviendras. — Ainsi ,
» ma Sœur , répondez-moi oui ou
» non ; et je repars tout de suite ».

*S'il faut vous dire vrai , cette
question-là m'a mis martel en tête.
Je craignais qu'il n'y eût quelque
anguille sous roche. Le diable est si
malin ! Cependant cet uniforme , cette
plaque ; je suis si accoutumée à ne
voir que l'honneur sous cette enseigne-
là !* « Cependant , » *fis-je en moi-
même ,* « si c'était quelque espion
» déguisé ? Eh bien ! après tout ,
» qu'es'que je risque en disant oui.
» Ça prouvera que je le sais ; v'là
» tout. Et si ça venait à mal , fau-
» drait encore savoir ous'que c'est
» qu'elle est ; et pour ça, on m'échar-
» perait plutôt que de me le faire
» jamais dire. » *Après avoir bien
réfléchi, j'ai pris le parti de lui dire
oui; et même d'ajouter que la parente*

était aussi-bien qu'elle pouvait être loin de son parent. Quand il a eu ma réponse, il a encore bu un coup; et il est reparti comme il était venu. Que le Ciel le conduise vîte auprès de ce bon jeune homme, que cette réponse tranquillisera, en place de votre lettre, que je n'ai pas osé confier à ce la Ramée.

J'ai oublié de vous dire dans mon autre lettre que tout le pays a pris votre vilain oncle en haine, si bien qu'il ne trouverait pas du feu sur une pelle. Au contraire, je ne lui conseille pas, s'il y revenait, de sortir le soir; il serait sûrement mouché dans quelque coin. En revanche, gn'y a pas de jours que l'on ne fasse quelque neuvaine, ou autre chose

comm'ça , pour retrouver notre mère
à tretous , ainsi que vous , Mademoiselle , parce qu'ils vous croient
auſſi perdue. Vous pensez bien que
M. votre cousin n'y est point oublié :
et moi , en dedans de moi-même j'y
ajoute Madame d'Allgane. Dites-lui,
je vous prie , que je prends la liberté
de l'aimer davantage du depuis son
admirable bonté et amitié pour vous.

J'ose me dire , sauf votre respect,
Mademoiselle , d'elle et de vous,

La très-humble et
très-obéissante

MAROTTE.

P. S. Du depuis que je suis bien
assurée que le démon est parti , je

ne retiens plus Azakia. Elle a repris son ancienne routine. Elle passe presque tout son tems dans ce creux de rocher, ous'qu'elle porte chaque jour des fleurs fraîches pour son cher défunt, la pauvre femme ! qu'elle croit encore en vie. Elle ne manque pas non plus à faire ses petits paquets de feuilles et d'écorces d'arbres, qu'elle jette dans l'eau, après y avoir emballé je ne sais combien de baisers. Et puis, toujours ses mêmes chansons ous'qu'on ne comprend rien que le nom de Nosrou ; mais qu'elle chante d'une manière qui attendrirait un Prévôt.

J'oubliais encore de vous dire que la pauvre Bébé en réchappera sûrement.

CHAPITRE VIII.

Nouveau trait de M. de Verval.

Cette lettre augmenta encore mon
inquiétude. Si ce soldat était un émis-
saire de mon oncle, cette pauvre
Marotte s'était exposée à payer cher
un secret que rien au monde, j'en
étais bien sûre, ne pourrait lui arracher. Si au contraire, cet homme
était véritablement envoyé par mon
cousin, à combien de peines allait-
il peut-être se dévouer pour \moi!
La lettre de M. de Vaissy, la connaissance que j'avais de son intrépide et constante fermeté à protéger

l'innocence, ne me tranquillisait qu'à un certain point. Il est si difficile à la vertu de prévoir toutes les combinaisons du crime !

Madame d'Allgane, de son côté, aux consolations que lui avait suggérées la bonté de son cœur, secondée d'un esprit aussi aimable que fécond, avait ajouté le moyen le plus puissant sur un cœur sensible : elle m'avait permis de l'aider dans ses œuvres charitables; et j'éprouvais combien, en secourant les malheureux, on suspend le sentiment de ses propres peines.

Un soir que j'étais sortie par une petite porte du parc, pour aller visiter une pauvre veuve, chez laquelle j'étais déjà allée plusieurs fois, j'ap-

perçois d'un peu loin une vieille
femme, qui fait un faux pas, tombe
dans un fossé........ Je vole à
son secours ; je la trouve faisant
d'inutiles efforts pour se relever, et
se plaignant d'être brisée de sa chûte.
Je parvins cependant à la mettre sur
pied : mais elle paraissait si souf-
frante, que je lui proposai de lui
aider à regagner sa maison. — « Que
» vous êtes bonne, » me dit-elle,
« ma chère Demoiselle, d'avoir ainsi
» pitié de la vieillesse ! le Ciel vous
» en récompensera. Au surplus, je
» ne demeure pas loin : ce n'est
» qu'au bout de ce petit chemin. »

Je lui donnai le bras, et nous prî-
mes le chemin qu'elle avait indiqué.
Cependant nous marchions depuis

long-tems , et nous n'arrivions pas.
Je lui en fis l'observation. —— « Par-
» don , ma chère Demoiselle , nous y
» voilà dans l'instant. »

Insensiblement je me trouvai fort
éloignée. Tout-à-coup , au détour
d'un petit bois , j'apperçois une voiture. Deux hommes viennent au-
devant de moi , la vieille femme se
redresse , jette la mante qui la cou-
vrait , et m'en laisse voir un troisième. « Ma belle enfant , » me dit-
elle , « c'est de la part d'un oncle
» qui ne peut pas être plus long-
» tems séparé de son aimable nièce ;
» voulez - vous monter de bonne
» grace ? » Mon premier mouvement
fut de me jetter à genoux , de leur
offrir ma bourse. Je n'obtins pour

réponse que des rires insultans. Je
voulus crier : les trois hommes s'em-
parèrent de moi , et se disposaient
à me faire entrer de force dans
la voiture , lorsque le bruit d'une
autre se fit entendre. Une chaise de
poste paraît. « Arrête ! arrête ! »
cria-t-on au postillon ; et le cri n'était
pas fini , qu'un homme s'élance l'épée
au poing . . . . . . C'était Verval. . .

. . . .

Je ne vis pas les détails du combat;
j'étais évanouie : et , quand je repris
mes sens , je me trouvai chez Madame d'Allgane , dans les bras de
cette digne amie , mon amant à mes
genoux , couvrant ma main de baisers . . . . « Elle m'est rendue ! »
s'écriait-il , « elle m'est rendue ! Que

l'on

» l'on vienne à présent me la dispu-
» ter ! Mon père lui-même, s'il veut
» me l'enlever . . . . . qu'il commence
» par m'arracher la vie ! O femme
» céleste ! » en s'adressant à Madame
d'Allgane, « je vous la dois mille
» fois cette vie, qui, sans elle, me
» serait odieuse. Comment, com-
» ment reconnaître . . . . ? — Je
» suis trop payée, Monsieur, si je
» fais le bonheur de deux êtres aussi
» intéressans : mais vous avez affaire
» à un bien cruel homme. L'horrible
» tentative que vous venez de faire
» échouer me prouve trop que l'asile
» de l'amitié ne suffit pas pour vous
» garantir de ses attentats. Oserais-
» je vous demander quels étaient vos
» projets ? — Je n'en avais d'autres,

II.   I

» Madame, que de voir ma cousine
» et d'avoir recours à vos conseils.
» Ce que Marotte m'a dit, la lettre
» de ma cousine qu'elle m'a remise,
» m'avaient disposé à les suivre aveu-
» glément. J'y suis plus déterminé que
» jamais, à présent que j'ai pu juger
» par moi-même l'excellence de votre
» ame. —— O mon ami ! » lui dis-je,
« tu n'as vu qu'un instant ; et tous
» ceux que j'ai passés auprès d'elle
» ont été marqués par de nouvelles
» preuves de sa tendresse. Une mère,
» la tienne, que l'on nous a enlevée,
» n'en aurait pas fait davantage. ——
» Ne parlons pas de cela. Mon aima-
» ble enfant est faite pour inspirer le
» plus tendre intérêt ; et, s'il était
» possible qu'il s'accrût, ce serait en

» voyant l'être aimable que son cœur
» a choisi. » · Chacun de nous prit
une de ses mains, la baisa ; celle
que je tenais fut baignée de mes
larmes.

« Mes chers, mes bons amis, »
ajouta - t - elle, après quelques instans, « vous me demandez des con-
» seils ? Si je connaissais moins M. de
» Verval, j'espérerais dans les moyens
» doux ; et ce serait dans mes bras
» que ma chère Victorine en atten-
» drait le succès : mais.........
» Pardon, Monsieur, si je parle
» ainsi devant vous : son persécuteur
» est une espèce de monstre, dont
» rien ne calmera la fureur ; et, à
» présent qu'il connaît sa retraite,
» elle n'y serait plus en sûreté,

» quelque précaution que l'on prît,
» parce qu'il est impossible d'en pren-
» dre toujours assez pour échapper
» au crime, qui ne cesse de veiller
» sa proie. Je ne verrais d'autre parti
» . . . . ». Un
instant de recueillement : puis en se
levant avec vivacité. . . . .
« Permettez que je vous laisse pen-
» dant quelques minutes ; il faut que
» je voie M. d'Allgane. » (Il était
arrivé la veille).

CHAPITRE IX.

VOILA DE L'AMITIÉ!

EN même tems elle sortit, et nous laissa véritablement déconcertés, mais persuadés que la démarche qu'elle allait faire, quelle qu'elle fût, avait notre bonheur pour objet. Nous eûmes de plus la certitude du succès, quand nous la vîmes revenir, ou plutôt accourir vers nous, avec des yeux brillans de joie, me sauter au cou, en me disant : « Ma chère enfant, il » le veut bien. Oui, mes bons amis, » M. d'Allganne y consent ; et nous » allons partir. . . . . . — Oserai-je » vous demander . . . . ? — Pardon,

I 3

» si la joie me fait déraisonner ; c'est
» que je ne quitterai mes amis que
» quand ils seront hors de tout dan-
» ger, quand ils seront liés par un
» nœud indissoluble. Je viens d'obte-
» nir de M. d'Allgane, de cet être si
» bon, que je vous conduirai en
» Hollande, que j'y présiderai à votre
» mariage. » Nous tombâmes en
même tems à ses pieds. Elle nous
releva promptement, et employa les
ressources aimables de son esprit pour
atténuer notre reconnaissance : mais
elle ne fit qu'y ajouter encore. Nous
allâmes jusqu'à lui observer, qu'elle
s'exposait aux traits de la calomnie....
« Je sais bien, » nous dit-elle, « que
» le stupide vulgaire s'étonne lorsque
» l'on sort de l'étroit sentier des

» convenances : mais doit-on s'in-
» quiéter quand on a fait le bien ?
» Et faut-il y 'renoncer , parce que
» les astuces des méchans ne laissent,
» pour y parvenir , que des moyens
» extraordinaires ? Non , mes bons
» amis , la crainte des interprétations
» ne m'arrêtera pas ; j'en trouverai le
» dédommagement au fond de mon
» cœur . . . . . et du vôtre , n'est-ce
» pas ? — O notre digne protectrice !
» ô toi que le Ciel a placée sur la terre
» dans un jour de clémence ! nos
» cœurs sont à toi , à toi pour la
» vie. . . . . »

M. d'Allgane entra dans ce moment. Nous courûmes au-devant de
lui. . . . . . . Il n'est pas besoin de
dire avec quelle vivacité nous lui pei-

gnîmes notre reconnaissance. « Vous
» êtes trop bons, » nous répondit-il,
avec cet air froid dont il ne se dé-
partait jamais ; « ce que je fais est
» tout simple. Ma chère amie, » dit-il
à Madame d'Allgane, « je venais vous
» dire que les ordres sont donnés ;
» que, d'ici à une heure, vous pour-
» rez partir. J'ai dit que vous alliez
» chez mon frère ; vos chevaux vous
» conduiront d'abord à six lieues d'ici,
» où vous trouverez le relai qui m'a
» amené hier. Ensuite vous prendrez
» la poste. Du reste, je vais tâcher
» de pourvoir à tout. » Il nous quitta ;
et, quand on le chercha pour lui faire
des adieux, il fut impossible de le
trouver. Mais combien sa délicate
bonté s'était manifestée dans ses soins !

Ils n'auraient pas été portés plus loin, quand le voyage aurait été arrêté depuis long-tems. Il avait eu l'attention de présider lui-même aux arrangemens; et rien de ce que l'on peut desirer en route n'était oublié.

A peine étions-nous à Bruxelles, où nous avions promis de nous reposer, que l'on nous y apporta des lettres. L'une était de M. d'Allgane à sa femme, et contenait pour nous l'expression de l'intérêt le plus vrai.

CHAPITRE X.

VOILA COMME ON OBLIGE.

L'AUTRE était de M. de Vaissy, et m'était adressée. Ce digne mortel, toujours aussi ardent à faire le bien, avait soupçonné l'horrible projet de mon oncle. Aussi-tôt il était parti pour venir veiller lui-même à ma sûreté : mais il n'était arrivé que quelques heures après notre départ. M. d'Allgane l'avait instruit de ce qui s'était passé.

J'ai su, ajoutait-il, *que votre oncle rôdait autour du château, et prenait*

*des informations. J'ai imaginé, afin
de lui donner le change, de repartir
sur le champ pour Paris, et de lever
les jalousies de ma voiture avec un
soin affecté, comme si j'eusse emmené
quelqu'un que j'eusse voulu cacher.
Dès que j'ai été sur la route, je me
suis vu suivi par une chaise de poste,
qui m'a accompagné jusqu'à cinquante
pas de chez moi. Les portes ont été
fermées aussi-tôt que j'ai été entré.
Le silence est prescrit à mes gens.
Au moment où j'écris, il y a sous
mes fenêtres, à poste fixe, un homme
enveloppé d'un manteau, &c.*

Mais, combien la fin de sa lettre
nous transporta d'admiration et de
reconnaissance !

Le hasard, me disait-il, veut que l'on m'ait donné en paiement un effet de trois cents louis au porteur sur un Banquier de Bruxelles. J'ai espéré que M. de Verval, quoique je n'aie pas l'honneur d'être connu de lui, voudrait bien, à son passage, me faire le plaisir d'en recevoir le montant, et permettre qu'en échange je donne sur lui un mandat de pareille somme à un de mes amis qui se propose d'aller dans quelques mois en Hollande. Je vous aurai une obligation infinie, si vous obtenez de lui qu'il ait la complaisance de se prêter à cet arrangement, &c.

Je ne chercherai point à exprimer les sentimens dont nous pénétra une manière

manière d'obliger aussi noble, aussi délicate. En pareille circonstance, l'expression reste si loin de la vérité ! Verval ne l'éprouva que trop en répondant à M. de Vaissy. Mais nous avions affaire à un homme qui, en obligeant, ne craignait que deux choses, le refus ou le remercîment. Accepter était à ses yeux la plus grande preuve du prix que l'on mettait au service qu'il voulait rendre ; et nous acceptâmes d'autant plus facilement, que mon cousin avait atteint l'âge auquel il pouvait, d'après les dispositions faites à ce sujet, réclamer le bien de sa mère, qui était assez considérable.

Je n'ai dit, ni comment Verval s'était trouvé près du château de

II. K

M. d'Allgane , au moment où j'avais couru le risque d'être enlevée , ni comment il se défit de mes ravisseurs. Il est clair que , sur la réponse du soldat qu'il avait envoyé à Marotte, il était accouru auprès d'elle ; que celle-ci lui avait enseigné le lieu de ma retraite. Son arrivée dans un ins-tant aussi intéressant fut l'effet du hasard. Mes ravisseurs étaient, heu-reusement, des lâches , qui n'avaient pas même songé à se défendre dès qu'ils s'étaient vus attaqués avec vi-gueur ; et mon cousin m'avait arra-chée de leurs mains sans avoir reçu la moindre blessure.

CHAPITRE XI.

ÉTABLISSEMENT.

SITÔT que nous fûmes sur le territoire hollandais, nous fîmes chercher
un Prêtre Catholique ; Madame d'Allgane présida à notre union , et la
Religion consacra les nœuds de l'a-
mour sous les auspices de l'amitié.

Verval avait fait passer sa démis-
sion par une voie indirecte ; et décidés
à jouir d'un bonheur obscur , mais
paisible , nous nous occupâmes de
trouver une maison un peu isolée.
Nous y parvînmes bientôt , trop tôt
même, puisque, dès que nous y fûmes établis, notre digne protectrice,

notre ange tutélaire, nous quitta pour retourner en France : mais nos cœurs ne se séparèrent point d'elle, et nos vœux ne cessèrent pas de la suivre.

On ne pense pas sans doute que nous ayions oublié, ni la bonne Marotte, ni l'intéressante Azakia. Notre premier soin fut d'écrire à la Sœur, pour lui faire part, et pour qu'elle instruisît Azakia de notre bonheur : mais au lieu d'envoyer la lettre par la poste, nous la fîmes porter par un homme à pied, chargé d'amener Azakia, qui ne cessait de fatiguer le Ciel de ses prières, pour en obtenir d'attendre auprès de sa fille chérie le retour de Nosrou.

Oh ! comme elle fut vive sa joie, quand elle se retrouva dans mes bras!

dans ceux de Verval ! quand elle sut
que nous étions heureux ! que nous
nous ne redoutions plus notre persécuteur ! « Vous le voyez , » nous
disait-elle , « le génie du destin n'a
» pas tous les feuillets de son livre
» marqués de la noire empreinte de
» l'infortune. Il y en a aussi pour le
» bonheur. Il faut passer par les pre-
» miers avant d'arriver aux autres :
» mais ceux-ci viennent enfin. Voilà
» que j'ai déjà retrouvé ma fille adop-
» tive, à la place de celle que le Ciel
» m'a enlevée ; il me promet toujours
» dans mes songes qu'il me rendra
» Nosrou ; et, soyez-en sûrs, Nosrou
» sera rendu à sa fidelle Azakia. Si le
» Ciel ne le voulait pas , il m'aurait
» envoyé l'ange de la mort ; il sait

K 3

» bien que, sans Nosrou, Azakia ne
» veut pas de la vie. Dites-moi, cette
» eau (nous étions sur le bord de la
Meuse) « conduit-elle à la grande
» mer ? » Sur notre réponse affirma-
tive : « N'en doutez plus, » s'écria-
t-elle transportée de joie, « n'en
» doutez plus, les malheurs d'Azakia
» finiront. Elle retrouvera son Nos-
» rou, son bien-aimé. »

Pleine de cette confiance, elle reprit ses usages, mais avec plus de
suite et d'ardeur que jamais, persuadée que cette mer, disait-elle,
lui ramènerait, plutôt que l'autre,
son époux, puisque c'était sur ses
bords que les amans désunis se re-
trouvaient.

CHAPITRE XII.

NOUVEL ACTEUR.

Nous avions desiré un jardinier qui parlât français. Un jour que Verval était sorti, on m'en annonça un. C'était un homme d'une trentaine d'années, d'une tournure grivoise. Une paire de moustaches, son regard assuré, indiquaient un soldat. Je lui demandai s'il savait bien le français. « Si je le sais ? » me répondit-il avec une espèce d'orgueil ; « la France est » ma patrie, et si je suis dans ce pays-» ci, c'est bien en enrageant. — » Vous n'aimez donc pas la Hollande? » — Je ne dis pas cela : c'est un pays

» qui a , comme un autre, son bon
» et son mauvais. Les Hollandais
» ne s'alignent pas avec nous au-
» tres , qui allons le pas redoublé
» quand ils ne vont qu'au pas de route.
» Mais, en revanche, nous donnons
» quelquefois dans le casse-cou, et
» eux sont toujours sûrs d'arriver. Et
» puis , c'est leur munition que je
» mange ; et ne faut pas mordre le
» sein de sa nourrice. Mais tenez ,
» Madame , gn'y a qu'une France
» au monde ; gn'y a pas moyen,
» quand on a le bonheur d'en être,
» de se plaire ailleurs ; et, si je me
» présente pour être votre jardinier,
» vous me croirez si vous voulez ,
» mais je vous assure que ce n'est pas
» tant pour votre argent, que pour

» le plaisir de servir des compatriotes.
» Par - dessus ça , on m'a dit que
» Monsieur votre mari avait été Offi-
» cier ; et c'est ce qui me fait plus de
» plaisir. Moi, Madame, tel que vous
» me voyez , j'ai été Soldat ; et j'en
» jure par notre bon Roi , je dis
» nôtre , car , morbleu ! c'est à la
» vie et à la mort ; et , quoiqu'il ne
» me permette pas de retourner aux
» drapeaux. . . . . » M. de
Verval entre dans ce moment. Cet
homme le regarde , fait deux pas en
arrière. « Mon Officier , j'ai le bon-
» heur , l'honneur de vous connaî-
» tre , et mêmement que je vous dois
» la vie. —— Cela se peut , mon cher ;
» mais je ne m'en souviens pas. ——
» Je le crois bien , mon Officier. Moi ,

» je ne l'oublierai pas quand il y au-
» rait vingt campagnes de depuis ;
» nous faisons chacun notre consigne:
» mais t'nez, j'vais vous raligner sur
» le terrain. Rappellez-vous ce Soldat
» qui maraudait ; le Prévôt était là
» sur ses talons, qui n'aurait pas
» manqué de l'accrocher, en manière
» d'épouvantail. Un jeune et brave
» Officier passe par là, donne l'allerte
» au Soldat, le prend en croupe,
» met son cheval au train de charge,
» et le Prévôt n'y fit rien. Eh bien !
» le Soldat, c'était moi ; et cet Offi-
» cier si humain, c'était vous. Mor-
» bleu ! je ne peux pas vous dire la
» joie que ça me fait de vous retrou-
» ver ! Y ne manque plus qu'une chose
» à ç'te joie là ; c'est que vous vous

» trouviez à votre tour dans quelque
» pot au noir, sans qu'il vous en
» arrive mal pourtant ; mais tant seu-
» lement pour vous prouver que la
» vie ne me serait de rien s'il s'agis-
» sait de vous, et de Madame aussi ;
» car une épouse qu'on aime bien,
» c'est tout comme soi-même. Je sais
» ce qui en est, morbleu ! Mais ne
» parlons pas de ça. Vous n'avez que
» faire de savoir que je suis bloqué
» par le chagrin. Parlons de votre
» jardin plûtôt. Faut que vous me
» fassiez un plaisir, mon Officier.
» — Voyons, mon cher. — Faut
» que vous m'en donniez auparavant
» votre parole.... Ne craignez rien,
» il n'y a pas d'embuscade, je vous
» le jure, foi de Soldat Français. —

» Eh bien! mon cher, je te la donne.
» — Eh bien! mon Officier, votre jar-
» din n'est pas plus grand qu'une pro-
» menade de factionnaire : je ne veux
» pas d'argent. — Mais.........
» — Point de mais, mon Officier ; j'ai
» votre parole. Cependant ne vous
» fâchez pas ; je vous respecte trop,
» pour vous proposer de vous servir
» *gratis* ; tout au contraire ; et je vais
» vous dire le prêt que je voudrai.
» C'est de tems en tems un petit verre
» de vin, que je vous demande la
» permission de boire à votre santé,
» et à celle de Madame. Vous me
» répondrez, *bien obligé*, *Va-de-bon-*
» *cœur :* et morbleu ! Va-de-bon-cœur
» sera content de cette paye-là , je
» vous en fais bon.

        » — Va-de-bon-cœur ! »

»══ Va-de-bon-cœur ! » dîmes-nous
en même tems Verval et moi. « Mon
» cher, si vous n'avez pas de raisons
» pour nous taire votre histoire, vou-
» lez-vous nous la dire ?

   » ══ Oh ! rien de plus facile. J'étais
» tout prêt à me marier avec celle
» que j'aimais. Son père meurt, le
» mien aussi. Je me désole ; pour me
» consoler, je m'enivre ; et quand
» je suis ivre, je m'engage. Au bout
» d'un certain tems , ma maîtresse
» vient me trouver ; je l'épouse. Nous
» faisons une campagne , qui allait
» d'abord comme un charme : mais
» un jour, à l'attaque d'un pont, un
» brutal de boulet passe trop près de
» moi, me chiffonne une jambe , et
» me fouette à l'eau. Il me reste assez

II.   L

» de force pour me soutenir dessus ,
» en me laissant aller au courant ;
» et je fis comm'ça tant de chemin
» qu'il plut à Dieu. Il lui plut que
» j'en fisse trop ; car je me trouvai de
» cette façon en pays ennemi. A la
» fin , je fus repêché par de braves
» gens , qui , sans s'inquiéter si j'étais
» de c't'armée-ci, ou de c't'armée-là,
» me traitèrent avec humanité. Ce
» diable de boulet , et ce bain qui
» avait duré plus que l'ordonnance
» ne l'aurait voulu , m'avaient mis
» en piteux état. On me fit mettre au
» lit , on fit venir un Carabin , qui ,
» à force de me martyriser, ne dimi-
» nua ma jambe que sur la grosseur ;
» un Chirurgien-Major ne se serait
» pas contenté pour si peu ; il aurait

» pris aussi sur la longueur. Quoi

» qu'il en soit, me voilà sur pied

» tant bien que mal; je remercie mes

» charitables hôtes, et je reprends le

» le chemin de notre armée. Comme

» j'en approchais, je rencontre des

» traîneurs de notre même régiment,

» qui me disent de bien me garder

» de reparaître, parce que je serais

» traité comme déserteur : qu'au

» surplus, ma pauvre femme, me

» croyant mort, avait pris son congé.

» Il y avait bien, convenez-en, de

» quoi me faire prendre Jacques Dé-

» loge pour Capitaine. Je me déguisai

» pour aller au pays chercher ma

» femme; elle n'y avait pas reparu.

» Je cours tous les endroits où je pou-

» vais espérer de la rencontrer : mais

» gn'y avait de Marotte nulle part.
» Au milieu de tout ça, j'avais trois
» ou quatre fois manqué d'être pincé.
» Ma foi ! j'ai pris le parti de battre
» une retraite, et je suis venu dans
» ce pays-ci, où il n'aurait tenu qu'à
» moi de faire un bon établissement.
» Mais Marotte est toujours là, (en
montrant son cœur) « et le Ciel en
» ordonnera comme il voudra, ja-
» mais aucune autre ne sera ma
» femme.

 » ⸺ Vous seriez donc bien heu-
» reux si vous la retrouviez ? ⸺ Ah !
» Madame, plus heureux qu'un Colo-
» nel. Si je savais où elle est, gn'y
» aurait pas de danger qui y fît,
» j'irais la chercher à travers tous
» les régimens de France. »

Verval me fit signe de garder le silence, soit pour éviter les inconvéniens d'une joie trop imprévue, soit par la crainte qu'ensuite il ne fût plus possible de l'empêcher de s'exposer en allant en France. Nous usâmes aussi de précaution envers Marotte. Un courrier la prépara ; ce ne fut que le second qui l'instruisit.

« *Jésus ! Maria ! nous répondit-elle,* « *serait-il possible ? Mon Va-* » *de-bon-cœur ! mon cher François !* » *Je ne pourrai le croire que quand je* » *le verrai. Je pars sur le champ.* . . . . » *Pardon, mon bon Monsieur, ma* » *bonne Dame, si je manque à la* » *civilité. Je suis si partroublée que* » *je ne sais ce que je fais ni ce que*

L 3

je dis ; mais le Ciel entend mes
vœux pour vous. C'est dans ces
» sentimens que j'ose m'écrire , en
» attendant que je puisse me dire ,
» de voix aussi-bien que de cœur et
» d'ame , Madame et Monsieur ,

Votre très-humble
et très-obéissante
servante
MAROTTE.

Dès que j'eus reçu cette lettre , je
voulus aller moi-même en faire part
à François. Je l'avais déja préparé ;
je pris encore quelques précautions.
Enfin je la lui montre . . . .
Il reste immobile. Ses lèvres en mouvement pour parler , n'articulent rien.

Son œil fixé sur la lettre, la voit sans rien distinguer. Sa figure entière se démonte. Enfin il peut lire : mais c'est à travers de grosses larmes qu'il s'efforçait de retenir, comme s'il en avait été humilié. Il lit cependant. Il achève, se jette à mes genoux, transporté de reconnaissance, de joie ; et le désordre de son ame se peint dans celui de ses expressions. Quand il fut un peu tranquille, il me demanda la permission de m'accompagner pour remercier son Officier. J'y consentis ; et ses sentimens, quoique exprimés avec plus de calme, ne le furent pas avec moins d'énergie.

« Mon Officier, » lui dit-il, « je » vous ai dû autrefois la vie ; je vous » dois aujourd'hui davantage. J e ne

» peux vous offrir que des actions de
» graces et des vœux ; mais, mor-
» bleu ! ayez jamais besoin de moi,
» vous verrez si vous avez obligé un
» ingrat. Je ne vous en dis pas davan-
» tage. »

CHAPITRE XIII.

ENCORE UN.

PENDANT la courte absence que je
venais de faire, j'avais, sans le savoir, acquis un nouvel hôte. Un
étranger avait été renversé par son
cheval à quelques pas de notre maison. Attiré par ses cris, Verval avait
couru à son secours, l'avait trouvé
griévement blessé, l'avait fait trans-
porter chez lui, avait envoyé chercher un Chirurgien, qui, sans avoir
pensé qu'il y eût du danger, avait
recommandé la plus grande tranquil-
lité.

Pendant quelques jours, je me

bornai à m'informer de son état, et
à lui procurer, de concert avec mon
époux, ce qui pouvait lui être né-
cessaire, et même agréable. Lorsqu'il fut mieux portant, il témoigna
le desir de me voir, pour m'offrir
l'hommage de sa reconnaissance, ses
excuses, &c. Verval m'y conduisit....
Que deviens-je en reconnaissant....!
.... « mon père ! » m'écriai-je,
« mon père !........ » Et je tombai
évanouie.

Lorsque je revins à moi, je me
trouvai sur un fauteuil, auprès du
malade. Verval me tenait dans ses
bras. Ce qui m'étonna le plus, ce
fut Azakia, pleurant et riant à la
fois, me couvrant de baisers et de
larmes, le visage, les mains ; s'ap-

puyant sur mon cœur , me faisant
toucher le sien , et répétant sans cesse :
« a fille ! ma vraie fille ! elle m'est
» rendue ! Le destin me rendra aussi
» Nosrou. Il lui rendra son père. Aza-
» kia ! Azakia ! tes peines vont finir ;
» finir toutes ! . . . . . . » Ce que je
voyais , ce que j'entendais me paraissait un rêve dont je desirais et redou-
tais la fin.

Quand je parus avoir repris entiérement l'usage de mes sens : « Ma
» chère Victorine , » me dit l'étranger,
« j'ai eu le bonheur de vous servir
» de père ; mais vous n'êtes pas ma
» fille. —— Non , non , » dit Azakia ,
» tu es l'enfant de Nosrou , tu es le
» mien. ——Je me trouvai , » reprit-il ,
» sur le vaisseau qui vous portait. Au

» moment du naufrage , l'effet des
» vagues qui vous arracha à vos pa-
» rens , vous jetta dans mes bras ;
» j'eus le bonheur de vous sauver.
» J'avais perdu une fille chérie ; je
» crus que le Ciel vous destinait à
» la remplacer pour la consolation de
» ma vieillesse. Je vous donnai son
» nom ; et dès-lors je vous adoptai.
» Le chagrin , qui , depuis longues
» années , minait mon existence , me
» forçait d'être toujours en voyage ,
» croyant trouver dans des déplace-
» mens continuels une distraction à
» ma douleur. Pendant que je courais
» le monde , une gouvernante sûre
» me remplaçait dans les soins qu'exi-
» geait votre éducation. De tems en
» tems , je suspendais mes courses ,

» pour

» pour venir jouir de votre dévelop-
» pement et de votre tendresse......
» Une fois je trouvai ma maison
» consumée ; je sus que votre gou-
» vernante y avait péri ; qu'après
» avoir été quelque tems chez une
» femme appellée Marianne, vous en
» étiez partie avec un étranger.....
» Mon cœur, déjà cruellement déchiré,
» vit ses plaies se r'ouvrir. Il semblait
» que le Ciel se plût à m'accabler
» de tous les genres de peines. La
» vie me devint plus à charge que
» jamais. Depuis ce tems, j'erre par
» le monde, sans aucun but déter-
» miné, et pouvant attendre du ha-
» zard seul que la fille que j'ai perdue
» me soit rendue, si elle existe encore.
» — Tu la retrouveras, dit Azakia,

II.   M

« sois en sûr ; bientôt les feuillets du
» malheur seront tous déchirés. »

Verval ajouta, qu'au cri que j'a-
vais fait en reconnaissant mon bien-
faiteur, Azakia était accourue ; que,
dès le premier coup-d'œil, ils s'étaient
reconnus.......... « Si on avait be-
» soin de preuves, » dit M. de Belgis,
(c'est le nom de l'étranger) « elle doit
» avoir sous le sein gauche des carac-
» tères singuliers....... —— C'est le
» nom de Nosrou, » s'écria Azakia :
» mais il ne faut pas de preuves au
» cœur d'une mère. Dès le premier
» moment, celui d'Azakia a été en-
» traîné vers Zémia. —— Et le mien, »
» lui répondis-je, était attiré vers
» vous par un charme inconcevable.
» O ma mère ! ô ma mère !..... »

Je l'étreignais sur mon sein ; des larmes délicieuses étaient mon seul langage. Enfin, par une impulsion sem-
blable, nous tombâmes toutes deux
à genoux. Elle récita dans son langage une espèce d'hymne, dont le
chant avait cette expression religieuse
qui transporte intuitivement l'homme
aux pieds de l'Être Suprême. Cette
action, en faisant cesser ce délire,
qui, à force de rendre les sensations
vives, les rend presque pénibles,
nous mit dans cette situation calme,
où l'on peut détailler et savourer le
bonheur.

Le mien fut un instant troublé par
la réflexion que me fit naître le peu
de rapport qu'il y avait entre ce que
je venais d'entendre et ce que m'avait

dit M. de Verval, en me retirant de
chez Marianne ; sur-tout en pensant
que, s'il avait été sur le même vaisseau que mon père, Azakia l'aurait
reconnu. Cependant il était possible
que mon père se fût sauvé comme
nous du naufrage, et qu'à un autre
voyage il fût mort dans les bras de
mon oncle. Je m'arrêtai à cette idée....
Ce qui troubla le plus mon bonheur,
ce fut la crainte que Verval ne se vît
avec peine uni à l'enfant d'une Sau-
vage, à un être dont la naissance,
suivant nos loix, était illégitime :
mais cette inquiétude ne dura qu'un
instant. — « Les leçons du malheur, »
me dit Verval, « m'auraient bien peu
» profité, si j'étais encore l'esclave
» de pareils préjugés. Plût à Dieu,

» ma chère Victorine, que, comme
» toi, je ne connusse pas celui à qui
» je dois le jour ! et que, comme toi
» encore, je possédasse une mère, qui,
» si j'en juge d'après moi-même, avait
» sûrement une ame sensible ! Mais
» Azakia la remplacera. Dès ce mo-
» ment, je lui en donne le nom, et
» je mettrai mon bonheur à lui mon-
» trer la tendresse d'un fils. »

En effet il avait pour elle les soins
les plus suivis, les plus affectueux.
Elle le payait d'un égal retour ; et
notre retraite aurait été pour nous le
séjour de la félicité, si nous avions pu
croire heureuse la respectable femme
qui nous avait tenu lieu de nos véri-
tables mères.

Emportée par la rapidité des événe-

mens, je n'ai pas dit ce que nous souf-
frions de l'incertitude de son sort.
L'être cruel de qui elle dépendait,
nous était trop connu pour que nous
ne fussions pas assurés qu'elle était
malheureuse. Chaque jour, nous la de-
mandions au Ciel ; Azakia se joignait
à nous. La bonne Madame d'Allgane,
avec laquelle il est inutile de dire
que nous étions en correspondance,
nous secondait en faisant faire toutes
les perquisitions imaginables. M. de
Vaissy, toujours animé du même zèle
pour protéger l'innocence, et de ce
sentiment particulier qui nous appel-
lait l'un vers l'autre, avait été jusqu'à menacer M. de Verval de le
perdre auprès des gens en place, s'il
ne se hâtait pas de faire reparaître

son épouse. M. de Verval échappait à l'effet des menaces par des subterfuges, paraît aux recherches par la sûreté de ses précautions. Le Ciel se montrait sourd à nos prières ; et toutes nos jouissances étaient empoisonnées. Elles eussent été entiérement anéanties, si l'espérance n'eût pas été là ; l'espérance qu'il a placée à côté de tous les maux, pour en émousser la pointe, et dont souvent il réalise les illusions au moment où l'on est prêt de n'y plus croire.

CHAPITRE XIV.

Arrivée de Marotte. Découverte intéressante , &c.

Cependant, d'un jour à l'autre , nous attendions la bonne Marotte. Son mari ne quittait plus le chemin par où elle devait arriver. Nous commencions à nous inquiéter, lorsqu'un jour. . . . . . J'étais seule, je les vois entrer . . . . Dès que Marotte m'apperçoit , elle quitte son mari , s'élance vers moi , et m'étouffe de ses caresses , sans pouvoir parler , sans m'en laisser à moi-même la possibilité , tant elle me serre avec force. Cette situation dura long-tems. . . . . . .

Enfin elle me permit de respirer un moment. J'allais en profiter : elle recommença de plus belle, et cela à plusieurs reprises. Verval arriva ; ce fut la même chose.

« Morbleu ! not' femme, » disait Va-de bon-cœur, « finis donc une » fois. Sais-tu bien que c'est manquer » de respect . . . ? — Tu as raison not' » homme, mais je les connais mieux » que toi. Avec eux le respect n'est » rien auprès du sentiment. Et puis » c'est que je suis d'une joie . . . . . ! » Ils ne la savent pas toute. Gnia » quelque chose que je ne peux pas » dire tout de suite, parce que c'est un » si grand bien, que ça leur ferait » du mal. —— Que pourrait-ce être ? » demandâmes - nous avec vivacité.

« Dites-moi , auparavant , si vous
» pourriez, sans danger , apprendre....
» par exemple..... que Madame de
» Verval.......? — Aurais-tu décou-
» vert......? Instruis-nous, bonne
» Marotte , instruis-nous vîte.....
» —— Je m'en doutais que vous en
» seriez tout partroublés. Là , là ,
» prenez vos sens d'abord ; ensuite
» je vous conterai ça. —— Ma chère
» Marotte , tu nous tiens sur des
» épines.....—— Allons, not'femme,
» ne fais donc pas languir. Quand on
» a une fois crié ATTENTION ; cela
» suffit. —— Je sais bien ce que je fais.
» A présent écoutez-moi.

» Dès que j'ai eu reçu la seconde
» lettre qui m'annonçait que mon
» cher Va-de-bon-cœur n'était pas ,

» comme l'on dit, et comme je le
» croyais, *ad patres*, dès que j'ai eu
» fait ce qu'il fallait pour laisser là
» mon froc de Sœur Grise, sans avoir
» rien à me reprocher, je me suis
» mise en route. Je ne vous parlerai
» pas des regrets de ces braves gens
» qui avaient la complaisance de
» m'avoir obligation de ce que j'avais
» rempli mon devoir dans mon poste.
» Me v'là en marche ; me v'là déjà
» sur le territoire de l'Empereur. Un
» soir, je trouve un chemin fourchu.
» A quel côté donner la préférence ?
» Qui choisit trop, dit-on, prend le
» pire. Je pris bien le pire dans un
» sens, puisque ce n'était pas le bon ;
» et quoique ça, c'était le meilleur.
» V'là que j'vais, que j'vais, tant et

» tant que je me trouve dans un bois.
» Je ne savais plus trop à quel Saint
» me vouer, quand j'apperçois une
» lumière ; j'tourne de ce côté-là.
» Quand je suis assez près, je vois
» une voiture, un Monsieur qui mon-
» tait dedans, un homme qui l'éclai-
» rait. Je reconnais le premier pour
» M. de Verval, et l'autre pour ce
» grand escogriffe, dont je vous ai
» parlé dans une lettre, ous'que je
» vous ai dit qu'il avait l'air d'un
» gibier de potence. Je me garde bien
» de me montrer ; au contraire, je me
» tiens cachée derrière des buissons :
» delà j'entends le démon incarné,
» qui dit à l'autre : *Souviens-toi, sur-*
» *tout, de la mieux garder que jamais ;*
» *et compte sur ma reconnaissance.....*
        » Clic,

» Clic, clac, v'là mon diable parti.

» V'là l'autre rentré avec sa lumière ;

» et me v'là, moi, derrière mon buis-

» son, ruminant sur le parti que je

» prendrais, me doutant bien que

» c'était là que notre bonne mère

» était tenue en charte privée.

» Pendant que je ruminais, le jour

» arriva, je me mis à tourner autour

» de la maison, pour voir si je ne

» découvrirais rien : mais je ne vis

» autre chose, sinon que c'était comme

» une petite citadelle. —— Morbleu ! »

dit Va-de-bon-cœur, « gnia qu'à en

» faire le siége : qu'en dites-vous,

» mon Officier ? —— Attends donc que

» j'aie fini. Je vis encore, à travers

» une petite grille, par où je regar-

» dai dans la cour, deux gros chiens ;

II.   N

» et de plus, un autre homme qui
» avait une mine ......! — Eh !
» morbleu ! fussent-ils cinquante, et
» eussent-ils la mine de Lucifer,
» partons sur le champ, et donnons
» l'assaut. Mille tonnerres de bronze
» m'éclaboussent si je ne la tire pas
» delà ! V'là, mon Officier, une
» occasion comme j'en voulais. C'est
» sur la brèche que je vous prouverai
» que vous n'avez pas obligé un in-
» grat. —

   » J'accepte ton offre, mon ami, »
dit Verval, en lui tendant la main ;
« partons à l'instant même : je te de-
» mande seulement de te laisser con-
» duire, et de ne pas faire la moindre
» tentative, si mon père s'y trouve.
» — Vous savez bien, mon Officier,

» que c'est à moi d'obéir. N'ayez pas
» peur que je bouge avant que vous
» m'ayiez dit : MARCHE. Allons, not'
» femme, ce sera toi qui nous con-
» duiras. —— Et qui n'aurai pas les
» mains gourdes si je trouve à leur
» donner quelques taloches. »

Pendant que l'on préparait une
voiture, Va-de-bon-cœur, secondé
par Marotte, aiguisait son sabre,
fondait une provision de balles, rem-
plissait un baril de poudre, chargeait
un fusil qui lui appartenait, les pis-
tolets de Verval, ceux de l'étranger,
que celui-ci prêta. . . . . . Tout en
travaillant : « Ah ! ah ! » disait-il entre
ses dents, « nous verrons, boureaux ;
» nous verrons ce que vous avez dans
» l'ame. On vous en donnera des

» femmes comme celle-là , pour les
» tenir en prison. Morbleu ! vous
» paierez cher ce que vous lui aurez
» fait souffrir : et je m'en vante. »

Ces dispositions de Va-de-bon-
cœur m'auraient beaucoup alarmée,
si je n'avais connu la prudence de
Verval , son respect pour son père ;
et si je n'avais eu la certitude la
plus entière que jamais il n'expose-
rait une vie de laquelle la mienne
dépendait.

Le départ n'en fut pas moins dou-
loureux, ni l'absence moins pénible.
Rien ne rassure quand on est séparé
de ce qu'on aime ; et les raisonnemens
comme le courage disparaissent avec
l'être que l'on chérit. Azakia me sou-
tenait à sa manière. Ses caresses ma-

ternelles étaient bien douces ; mais elles ne calmaient pas mes inquiétudes. Des lettres de Madame d'Allgane et de M. de Vaissy, vinrent suspendre ma peine : mais ce ne fut qu'un instant. Verval était loin de moi ; je ne savais que souffrir.

———————

CHAPITRE XV.

HISTOIRE DE M. DE BELGIS.

Monsieur de Belgis, dont la santé
était toujours dans le même état, et
avec lequel je passais le peu de tems
qu'il pouvait rester levé, voulut
joindre ses consolations aux caresses
d'Azakia, aux lettres de Madame
d'Allgane et de M. de Vaissy. Il y
était peu propre, miné lui-même,
comme il nous l'avait dit, par une
douleur profonde. . . . . . Eh bien!
ce fut de cette même douleur qu'il se
fit un moyen. Ce fut en me racontant
ses peines, qu'il voulut suspendre les

miennes, et il y parvint : non pas
que les maux d'autrui nous consolent
des nôtres. Ils n'ont pas rendu justice
au cœur humain, ceux qui ont pensé
qu'il pouvait y avoir une espèce de
plaisir à rencontrer plus malheureux
que soi : mais, en voyant souffrir
les autres, en les plaignant, on re-
porte sur eux une portion de sa sensibilité, dont on serait soi-même
l'unique aliment, si l'on souffrait
seul. Ce fut ainsi que M. de Belgis
tâcha de me distraire de mes chagrins
par le récit de ses malheurs.

Né d'une famille distinguée du
Brabant, il avait eu une existence
agréable jusqu'au moment où la mort
lui avait enlevé une épouse qu'il ché-
rissait. Une fille, l'unique enfant qu'il

en eût , avait alors seize ans. Il
l'avait fait élever dans un couvent
de Paris. Il vint l'y chercher, pour
la donner en mariage à un de ses
anciens amis , qu'il amena avec lui.

« Ce desir de procurer, » me dit-il,
» un sort brillant à ma fille m'aveu-
» gla. L'homme que je lui proposais,
» n'était ni ne pouvait être de son
» goût. Elle me le dit , me conjura
» de ne pas forcer son inclination.
» Ma tendresse pour elle me rendit
» injuste. Je voulais son bonheur :
» je crus devoir la rendre heureuse ,
» malgré elle. Je m'imposai la loi de
» résister à ses prières , à ses larmes ;
» et , constant dans mon erreur, je
» portai la cruauté jusqu'à la mena-
» cer de l'enfermer dans un couvent

» pour la vie, de l'accabler de ma
» malédiction . . . . . . Oh ! comme
» j'ai payé cher cet abus de l'auto-
» rité paternelle !

» Dans le même hôtel où nous lo-
» gions, était un Français, nommé
» Verseuil, qui trouva le moyen de
» se lier avec moi. Les affaires que
» j'avais à Paris se prolongeant,
» notre liaison était à-peu-près deve-
» nue une intimité . . . . . . Le monstre !
» Il me provoquait au sommeil, pour
» m'assassiner plus sûrement !

» Pendant qu'en retour de ses per-
» fides protestations, je lui accordais
» une amitié franche et loyale, ma
» fille, mon infortunée fille . . . . . .
» Hélas ! je n'eus bientôt plus d'enfant.
» Elle disparut avec cet exécrable
» séducteur.

» Je ne vous dirai pas quelle fut ma
» fureur. Dans les premiers momens,
» ils en auraient éprouvé l'un et
» l'autre les effets. Bientôt, je n'ac-
» cusai que moi des torts de ma fille.
» Hélas ! c'était moi qui l'avait ré-
» duite au désespoir. Mais le monstre
» qui a si indignement abusé de sa
» faiblesse ! qui a si lâchement trahi
» ma confiance ! qui m'a enlevé mon
» enfant, mon unique bien.....!
» Depuis ce tems, je parcours le
» monde, sans but, sans espérance,
» ne pouvant attendre que du hazard
» de savoir si elle existe encore.....
» Oh ! si la mort ne l'a pas ravie, si
» le Ciel daigne me la rendre, si je
» puis encore la serrer contre mon
» cœur, exhaler mon dernier soupir

» dans ses bras, j'oublierai quinze ans
» de larmes, et je descendrai sans
» murmurer dans la tombe. Mais si
» la mort m'en a privé, si son ravis-
» seur n'a pas fait tout pour la rendre
» aussi heureuse que l'on peut l'être,
» loin d'un père . . . . . . que jamais
» il ne s'offre à mes yeux ! Ma ven-
» geance ne connaîtrait pas de bor-
» nes. . . . . »

L'état où se trouva cet infortuné
vieillard, en finissant son récit, me
fit repentir d'avoir consenti à l'entendre. Cependant des larmes abon-
dantes le soulagèrent, et je m'em-
pressai de lui raconter les évènemens
dont j'avais été le jouet, pour ranimer
sa confiance, en lui prouvant par
mon exemple que le moment où l'on

se croyait le plus sans espoir, tou-
chait quelquefois à celui du bonheur.
Je réussis à le calmer. J'obtins même
un autre succès : ce fut de lui faire
aimer Madame de Verval, de le voir
attendre cette digne femme avec une
impatience presque égale à la mienne.
Elle ne tarda pas à être satisfaite.

CHAPITRE

CHAPITRE XVI.

RETOUR DESIRÉ.

Ce fut Va-de-bon-cœur qui apporta cette heureuse nouvelle. Il arriva à franc-étrier, crevant son cheval à coups d'éperons, faisant claquer son fouet à étourdir tout le canton, et criant d'aussi loin qu'il me vit . . . . . : « Nous l'amenons ! morbleu ! nous » l'amenons ! »

Quand il fut arrivé : « Oui, ma » bonne maîtresse, nous vous l'ame- » nons, saine et sauve. — Et mon » mari ne s'est-il pas exposé ? — Est-ce » que Va-de-bon-cœur l'aurait souf- » fert, donc ? Quand nous avons été

II.   O

» bien sûrs qu'il n'y avait pas de père,
» je suis allé escalader la muraille ;
» j'ai tué les deux chiens, j'ai frotté
» la moustache à deux hommes qui
» ont voulu faire les *qui-va-là* , j'ai
» ouvert les portes ; mon Comman-
» dant est entré , vingt-cinq louis
» donnés à ces gueusards ont achevé
» de nous livrer la place , et nous
» avons emmené Madame de Verval,
» tambour battant, mêche allumée. »

A peine lui donnai-je le tems de
finir. Je courus au-devant de la voiture..... Quel moment ! quel moment que celui où je l'apperçus ! où
je la joignis ! où je pressai contre
mon sein cette respectable femme !
cet époux chéri ! où je m'assurai par
des baisers multipliés que c'était bien

elle, que c'était bien lui ! où nos larmes confondues....! O Dieu ! Dieu ! si quelquefois tu nous éprouves par des peines, quelles jouissances aussi ta bonté nous accorde !

Madame de Verval, quoique plus pâle, plus défaite qu'elle eût jamais été, paraissait animée autant qu'elle pouvait l'être avec la teinte de mélancholie qui se mêlait à toutes ses sensations. Le plaisir d'être échappée à son tyran, de se revoir avec des êtres qui payaient sa tendresse d'un retour égal, occupa d'abord son ame entière : mais cet état de jouissance pure ne dura qu'un instant bien rapide. Le second vit reparaître une nuance de tristesse, d'abord imperceptible, ensuite plus foncée, beau-

coup moins cependant qu'elle ne l'était
autrefois.

On juge sans peine de la joie d'Azakia , de celle de Marotte et de Va-
de-bon-cœur.

CHAPITRE XVII.

ÉVÈNEMENT SATISFAISANT.

MONSIEUR de Belgis, qui s'était fait d'avance une fête du spectacle de notre bonheur, à qui j'avais inspiré un véritable intérêt pour Madame de Verval, m'avait témoigné le plus grand empressement de la connaître. Comme il était forcé de garder le lit, nous nous acheminâmes avec elle vers sa chambre. Arrivés dans la pièce précédente, nous l'entendîmes parler haut.

« Grand Dieu ! suis-je donc le seul » dont les peines ne doivent pas finir ! »

O 3

Madame de Verval s'arrête, et nous retient. « Me condamnes-tu donc à » rester à jamais isolé sur la terre ? » Madame de Verval fait un mouvement pour s'élancer. Son pas reste suspendu. Elle a l'œil hagard, la bouche entr'ouverte, l'oreille attentive. Une de ses mains portée en arrière , nous prescrit le silence. « O Dieu ! Dieu ! » ajoute M. de Belgis, « me faudra-t-il descendre dans » la tombe, sans avoir embrassé ma » fille, ma chère fille ? » Madame de Verval jette un cri, et, plus rapide que l'éclair , va tomber prosternée auprès du lit de M. de Belgis.

« Que vois-je ? » s'écrie ce dernier. Tous deux sont évanouis ; tous deux nous font long-tems craindre pour leur vie. Enfin ils reprennent leurs sens ; mais à leur évanouissement succède une espèce de délire. Ils sont dans les bras l'un de l'autre, et craignent encore que ce ne soit une illusion. Les baisers, les caresses, les larmes se succèdent, se confondent. « Est-ce bien elle ? Est-ce bien ma » fille chérie ? — Est-ce le respectable » père, dont j'ai empoisonné la vie ? » — Oui, c'est lui, c'est lui qui te » presse sur son cœur. — Mon père ! » ô mon père ! punissez une fille in- » digne. . . . . . — Et toi, oublie la » sévérité d'un père que son aveugle » tendresse a rendu coupable. — » Vous coupable ? Ah ! c'est moi, » c'est moi seule ! . . . . . — Oh ! si » tu savais combien mes regrets t'ont

» vengée ! —— Oh! si vous connaissiez
» les remords dont j'étais bourrelée !

» Excusez-moi , » dit Marotte : « mais
» jarny ! v'là une fichue manière de
» retrouver le bonheur. A quoi bon
» rappeller le passé ? Vous avez eu
» tort tous les deux. Eh bien ! à tout
» péché miséricorde. Quand on est
» arrivé , faut oublier les mauvais
» chemins. —— Morbleu ! Marottè , »
lui dit Va-de-bon-cœur , « tais-toi
» donc ; tu es toujours d'une indis-
» crétion . . . . . ! —— Et jarny ! je sais
» bien ce que je fais. Tiens, regarde
» comme mon apostrophe a réussi.
» Les v'là qui goûtent leur joie sans
» aucun mélange ; et , sans moi , il
» y aurait encore eu pour une heure
» de tous les ceci , de tous les cela ,

» qui leur faisaient plus de mal que
» de bien. »

Sa brusque sortie avait produit cet
effet. A un délire pénible succéda une
douce hilarité, une tendresse calme.
Les larmes ne tarirent pas tout de
suite ; mais elles n'étaient plus âcres ;
et les baisers moins précipités, n'en
étaient que plus savourés. Cette délicieuse situation, cette extase de
bonheur dura long-tems. Je n'ai pas
besoin de dire combien nous la parta-
geâmes, Verval et moi. On sait à quel
point nous chérissions cette femme
respectable ; on sait ce qu'avait de
cruel pour nous le chagrin secret
dont elle paraissait minée ; on sait
les vœux ardens que nous n'avons
cessé de faire pour qu'elle fût heureuse.

Azakia regardait cette scène intéressante dans un silence !........
qu'elle rompit en s'écriant : « Et moi
» aussi, je retrouverai bientôt Nos-
» rou ! Cette nuit, un songe......
» O mes amis ! écoutez le songe
» d'Azakia ; et partagez son espoir.
» Le Génie du destin m'a apporté son
» livre ; il m'a montré le feuillet de mon
» amour. D'un côté c'était un orage
» affreux. La nature entière était dans
» la douleur ; et moi, j'étais là sous
» la figure d'un roseau battu et des-
» séché par le vent de l'adversité :
» mais, de l'autre côté, c'était le
» plus beau jour du printems ; tout
» respirait le bonheur ; et le roseau
» desséché était remplacé par une
» violette que Nosrou cueillait et

» plaçait sur son sein. Il y a si long-
» tems que je souffre ! Il faut bien.....
» Adieu, adieu, vous qui êtes heu-
» reux. La pauvre Azakia va chercher
» son bien-aimé. »

Elle nous quitta pour aller, suivant son usage, confier aux flots de
la Meuse, ses baisers et ses vœux.

CHAPITRE XVIII.

QUI FAIT ENCORE PLUS CONNAITRE M. DE VERVAL.

MONSIEUR de Belgis desirait savoir, dans le plus grand détail, quel avait été le sort de sa fille depuis l'instant affreux..... — « Mon père, » lui disait-elle, « je suis à vos pieds, » dans vos bras ; j'y oublie toutes » mes peines. Rien, rien au monde » ne nous séparera plus. — Ma chère » amie, je veux les connaître tes » peines ; je veux être instruit de » tous les torts de ton époux. — » Mon époux! Hélas! je n'en ai point; » je n'en eus jamais...... O mon père!....

» père ! . . . . — Le perfide ! Il man-
» quait ce trait à son exécrable his-
» toire. Ma chère enfant , je t'en
» prie , ne me cache rien. Je le con-
» nais déjà ; l'épouse de son fils m'a
» dit une partie de ses atrocités :
» mais je ne veux rien ignorer , abso-
» lument rien de sa conduite avec
» toi. Satisfais le desir d'un père , je
» t'en conjure. » Elle ne put résister
plus long-tems ; et son récit nous dé-
voila encore de nouvelles horreurs.

Abusée par un faux mariage , en
prenant la fuite avec son séducteur ,
elle crut suivre son époux. Cette
erreur dura plusieurs années. Verseuil
(qui avait repris son nom de Verval)
la présenta par-tout comme sa femme ,
et personne n'eut jamais le moindre

II.   P

soupçon. Le domestique, qui avait fait
le rôle de prêtre, tomba dangereu-
sement malade. Ses remords le for-
cèrent de tout dévoiler à sa maîtresse.
Verval furieux, jura qu'il l'empêche-
rait d'en instruire d'autres : la même
nuit, le malheureux expira. Mademoiselle de Belgis, dont la conscience
était déjà bourrelée par sa faute, par
l'idée de la douleur à laquelle l'auteur
de ses jours devait être en proie,
tomba dans le désespoir quand elle
se vit encore plus coupable qu'elle
ne croyait l'être. Mais en vain vou-
lait-elle courir se jetter aux pieds de
son père ; en vain aurait-elle voulu,
au moins par écrit, lui faire connaître son repentir. Elle avait su qu'il
s'était voué à une vie sans cesse

errante , et Verval lui déclara que , si elle faisait la moindre tentative , son existence et celle de M. de Belgis lui en répondraient. Elle avait trop appris , et l'on a assez vu dans le cours de cette histoire , qu'il était capable d'exécuter cette horrible menace. L'infortunée , qui se trouvait liée à son sort , n'eut qu'un parti à prendre , celui de subir avec résignation sa cruelle destinée.

Hélas ! sans le savoir , j'avais encore augmenté ses peines. Elle n'avait pas précisément douté que je fusse la nièce de M. de Verval , dont la famille ne lui était pas entièrement connue : mais, au style de sa première lettre , de celle que j'avais apportée , elle avait soupçonné ses

P 2

vues sur moi. Ses prévenances, d'autant plus remarquables qu'elles étaient plus opposées à son caractère, avaient confirmé les craintes de cette digne personne sur l'opprobre qui m'attendait. L'intérêt que lui inspirait ma situation, le desir de me soustraire à l'infamie, le silence auquel la forçait la connaissance de tout ce dont aurait été capable M. de Verval, si elle eût parlé ; voilà quels étaient les motifs de ces phrases suspendues, de ces redoublemens de tristesse, et du plaisir avec lequel elle vit l'amour que son fils et moi éprouvions l'un pour l'autre...... Elle le regardait comme un moyen que le Ciel employait pour faire échouer les exécrables projets formés contre moi....

Pendant le récit de sa fille, M. de Belgis, enterré dans ses couvertures, avait gardé une immobilité que nous ne pouvions concevoir. Tout-à-coup, sortant de son lit à mi-corps, l'œil étincelant, les poings fermés, les muscles contractés violemment ; et nous montrant une poitrine décharnée, que, dans le silence d'une rage concentrée, il avait déchirée avec ses ongles . . . . « Et je ne l'extermi- » nerais pas ! » s'écria-t-il d'une voix tonnante. « Et je ne le poursuivrais pas » jusqu'à mon dernier soupir ! Qu'il » tremble, le monstre ! J'irai le cher- » cher aux extrémités de la terre, » pour l'écraser des ses forfaits ! » Qu'il tremble ! je ferai luire sur » son ame fangeuse le flambeau des

» loix. J'appellerai sur sa tête crimi-
» nelle la vengeance céleste. Et si
» les loix, et si le Ciel sont trop
» lents au gré de mes vœux, je
» réunirai mes dernières forces pour
» le déchirer en lambeaux, pour
» le plonger avec moi dans la nuit
» de la tombe. Et, si l'on peut en-
» core quelque chose au-delà du tré-
» pas, je veux le traîner moi-même
» aux pieds de l'Eternel, pour jouir
» de sa condamnation.

—— » Et, jarny ! » dit Marotte,
» vous êtes bien bon, de vous faire
» du mal comm'ça à cause de ce vilain
» homme ! Laissez, laissez faire. Un
» peu plutôt, un peu plus tard,
» justice se fait toujours. Hum ! si
» je pouvais le voir accroché, comme

» j'irais lui tirer les pieds ! —— Eh !
» non, Marotte », dit Va-de-bon-
cœur ; « ce n'est pas cela. Je me
» charge, moi, d'aller le trouver,
» de le faire olinder ; et il y aura
» bien du malheur, si je ne lui ouvre
» pas une boutonnière, par où je ré-
» ponds que sa vilaine ame aura de
» quoi passer pour s'en aller à tous
» les diables. —— Mes amis, » dit
Verval, « vous oubliez que vous
» parlez de mon père. —— Ah ! par-
» don, mon Officier : c'est la fureur
» qui me transporte......—— Excu-
» sez-moi aussi, » dit Marotte. « Vous
» avez raison : mais ça n'empêche
» pas qu'il n'a qu'un beau trait dans
» sa vie ; c'est d'être votre père. Eh
» bien ! à cause de ça, n'en parlons

» plus : le Ciel sait bien ce qu'il en
» doit faire. »

Ce colloque suspendit plus la fureur de M. de Belgis , que tout ce
que nous aurions pu imaginer. Il
eut cependant un accès de fièvre vio-
lent , et sa convalescence fut retar-
dée de plusieurs jours.

CHAPITRE XIX.

CATASTROPHE.

Il commençait à se rétablir. Nous étions un jour, Verval et moi, dans sa chambre, (elle était à l'extrémité d'un corridor peu long, mais assez obscur ; et, pour y entrer, il y avait trois marches à descendre). Nous étions, dis-je, dans sa chambre, lorsque nous entendons un grand bruit.

Au même instant, nous voyons accourir sa fille, qui se jette au milieu de nous en s'écriant dans la plus grande terreur : « Sauvez-moi ! » sauvez-moi ! » En même tems paraît

un homme , se précipitant sur ses
pas. Une épée nue est dans sa main ;
sa course, son attitude, des imprécations inarticulées ; tout en lui peint
l'excès de la fureur. Dans la durée
d'un éclair, il paraît, il entre.....
Les trois marches lui échappent ; il
tombe à la renverse ; l'épée se brise ;
un jurement horrible annonce le mal
qu'il s'est fait. On s'approche ; on
reconnaît M. de Verval, faisant d'inutiles efforts pour se relever. Il se
roule en mordant la poussière : du
tronçon de son épée , il frappe la
muraille, en fait jaillir des étincelles ;
et les blasphêmes les plus terribles
s'exhalent de sa bouche à travers des
flots d'écume.

Un autre homme arrive aussi rapidement. C'est Va-de-bon-cœur qui, du fond du jardin, a tout vu. Il est armé d'une bêche. Sa course est si précipitée, qu'avant d'avoir apperçu M. de Verval à terre, il l'a rencontré, est allé tomber à quatre pas au-delà. Aussi-tôt il est relevé, revient sur lui...... Dans le même tems, M. de Belgis s'est débarrassé de sa fille, a sauté sur son épée, s'est élancé....... « Arrêtez, arrêtez, » s'écrie Verval, « c'est mon père ! » Et il vole vers lui. « Oui, monstre ! » s'écrie ce dernier, « oui, je suis ton » père, et je serai ton bourreau. » D'une main, il le saisit au cou ; de l'autre il cherche à le poignarder avec le tronçon d'épée qui lui reste...... Déjà je suis entr'eux ; et les forces

surnaturelles que je me sentais auraient pu suffire. . . . . Mais M. de
Belgis et Va-de-bon-cœur se sont
emparés chacun d'une main ; et mon
mari est arraché à ce forcené, qui,
voulant encore le déchirer avec les
dents, à défaut d'autres armes, fait
un dernier effort, se lève à moitié,
retombe, et reste sans mouvement.

Dès qu'il n'est plus à craindre,
nous oublions sa fureur, pour ne
voir que ses souffrances. La pitié fait
place aux autres sentimens ; et l'on
s'empresse de le porter sur un lit,
où, malgré nos soins, il resta long-
tems sans connaissance. Un Chirurgien est mandé. Il arrive. C'est pour
décider que les reins sont cassés, qu'il
n'y a point de remède.

« Eh

— « Éh quoi ! » dit M. de Verval
d'une voix toujours furieuse, quoique
éteinte ; « il me faudra mourir sans
» vengeance ! — Occupez-vous plu-
» tôt, » dit Marotte, « d'appaiser celle
» du Ciel. Il vous donne quelques
» instans de grace : profitez-en pour
» vous amender, et pour fléchir sa
» miséricorde. — Mon père, » dit
Verval, « souffrez que j'appelle un
» Ministre de la Religion. — *Malé-*
» *diction sur tout ce qui existe !* » fut
la seule réponse qu'il obtint.

Je voulus joindre mes tentatives
aux siennes. « Si j'osais, mon cher
» oncle !..... — Moi ! ton oncle !
» vil enfant de la lie du peuple,
» rentre dans la poussière d'où je t'ai
» tirée. Apprends que tu ne m'as ja-

II. Q

>> mais appartenue que comme la bête
>> de somme que l'on a payée. Va
>> trouver la femme qui t'a vendue.
>> Va la trouver sur le fumier, où,
>> couverte d'ulcères , elle meurt de
>> douleur et de faim ! Et que mon
>> indigne fils périsse de ses remords
>> en sachant à qui il s'est uni. Et
>> toi , >> dit-il à Mademoiselle de
Belgis , « toi à qui j'aurais dû ôter
>> la vie plutôt que la liberté. . . . ! >>

Une faiblesse l'empêcha d'en dire
davantage ; et M. de Belgis , qui déjà
se levait , fut arrêté par l'état de
mort dans lequel tomba le malade ,
qui, de ce moment , ne parla plus.
Cependant on manda un Prêtre qui
fit tous les efforts imaginables pour
obtenir au moins un signe de repentir.

Ce fut en vain. M. de Verval, toujours plus furieux, cherchait à mordre, ou à déchirer avec ses ongles
ceux qui l'approchaient, les objets
qui lui étaient présentés. Des sons
arrêtés et roulant sourdement dans
son gosier, ressemblaient au rugisse-
ment du tigre. Ses convulsions étaient
celles de la rage; un seul mot qu'il
pût articuler fut un blasphême : et
ses derniers momens furent ceux d'un
monstre qui, percé par le chasseur,
se roule sur lui-même, fait d'inutiles efforts pour arracher le trait de
sa blessure, l'empoisonne de son
propre venin, et répand autour de
lui une terreur qui dure long-tems
encore après qu'il n'existe plus.

Suivant ce que nous dit son domes-

tique, il était venu en Hollande pour
des affaires. Le hasard seul l'avait
amené devant notre maison, et lui
avait fait appercevoir Mademoiselle
de Belgis. A l'instant il s'était élancé
à sa poursuite. . . . . . . On a vu le
reste de la scène.

————————

CHAPITRE XX.

QUI EXPLIQUE LE SENTIMENT QU'AVAIENT L'UN POUR L'AUTRE VICTORINE ET M. DE VAISSY.

JE faisais part de cet évènement à Madame d'Allgane , et j'allais finir ma lettre , lorsqu'Azakia entra , et voulut savoir ce que je faisais. Je le lui dis . . . . « N'est-ce pas , » me dit-elle , « cette bonne Européenne dont » tu m'as parlé ? — C'est elle-même. » — Eh bien ! Azakia l'aime , parce » qu'elle a protégé Zémia. Azakia » veut le lui dire. — Je vais remplir » ton intention , et je suis sûre du » plaisir que je lui ferai. — Non ; je

Q 3

» veux moi-même . . . . Nosrou m'a
» appris à tracer ces deux mots :
» *AZAKIA T'AIME* ; je m'en souvien-
» drai encore. Donne cette plume. »
Je la lui donnai ; et elle traça sur un
morceau de papier qu'elle découpa
en forme de cœur

Je me prêtai volontiers à son désir,
et j'insérai son papier dans ma lettre.

en prévenant Madame d'Allgane ;
persuadée que celle-ci recevrait avec
plaisir cet hommage aussi flatteur que
naïf et bizarre.

Une douzaine de jours après le départ de cette lettre ; d'une fenêtre où
nous étions , M. de Belgis et sa fille ,
Verval et moi , nous voyons un cavalier s'arrêter précisément devant un
pavillon qui était à l'extrémité de notre jardin , et dont les fenêtres don-
naient sur la route. C'était pour parler à la maîtresse d'une maison qui
faisait face au pavillon. Nous étions
trop loin pour pouvoir distinguer ce
qu'il lui disait : mais les gestes indiquaient que l'un faisait des questions
auxquelles l'autre témoignait du chagrin de ne pouvoir répondre. Nous

fûmes confirmés dans cette idée, en
entendant la femme crïer en hollandais : (Verval et moi commencions à
le savoir) « Monsieur Vanderteuss,
» voilà que je vous envoie un Français
» qui est dans l'embarras. Vous le com-
» prendrez peut-être mieux que moi. »

A ce titre de Français, nos cœurs
tressaillent ; une même impulsion
nous porte vers un compatriote, auquel nous espérons pouvoir être utiles : mais un attrait particulier agissait sur moi. Ce que j'avais pu, dans
l'éloignement, distinguer des traits
du cavalier, m'avait rappelé ceux
d'un être bien cher......

Arrivés au pavillon, nous trouvons
Azakia qui parlait seule, et qui, sans
nous appercevoir, continua ainsi :

« Non, ce n'est point une illusion,
» c'est lui que je viens d'entendre ;
» c'est lui-même. . . . . Hélas ! il n'y
» est plus. . . . . . Il n'est plus nulle
» part . . . . . . Peut-être n'y était-il
» pas. . . . Que je suis malheureuse ! »

Déjà nous avions regardé sur la route. Le cavalier n'y était plus. J'en fus attristée, comme si j'eusse dû effectivement trouver à sa place celui dont il m'avait offert la ressemblance.

Azakia, toujours sans nous voir, tombe à genoux ; et levant les mains au Ciel, avec l'expression la plus touchante :

« O toi, qui tiens dans ta volonté
» la chaîne des évènemens ! toi qui
» connais mon amour ! toi qui sais

» les maux affreux que souffre la
» pauvre Azakia !...... comment
» peux-tu te laisser fatiguer si long-
» tems de ses plaintes ? Ne te serait-
» il pas plus doux d'entendre les can-
» tiques de sa reconnaissance ? Ah !
» pardonne, pardonne, si la pauvre
» Azakia t'offense. Elle est si accou-
» tumée au malheur !.... Cependant
» il y a dans mon cœur une voix qui
» me dit que mes peines vont finir....
» Oui, oui, j'en suis sûre ; je le re-
» verrai bientôt. »

Elle nous apperçoit, et, se jettant
dans mes bras :

« Félicite-moi, ma fille ; félicitez
» tous Azakia. Le destin ne l'a pas
» trompée : ses maux vont finir.
» Nosrou..... Ton père.... Il est

» ici. Je viens de l'entendre. Il sem-
» blait que c'était dans cette cabane.
» J'ai accouru. Le malin esprit a jetté
» un nuage devant moi. Je n'ai pu
» le voir ; je ne l'ai plus entendu :
» mais un nuage, ce n'est rien en
» comparaison de cette mer immense
» qui nous séparait ; et l'avoir en-
» tendu, c'est déjà un grand bonheur.
» C'est la première fois depuis que....
» Le voilà ! le voilà ! » s'écrie-t-elle,
avec cet accent aigu qui caractérise
l'emportement de la joie , et nous
renversant presque pour s'élancer à
l'extrémité du jardin , au-devant d'un
homme , que nous reconnaissons pour
ce même Français auquel nous venions
de nous intéresser.

L'éclair est moins rapide que la

course d'Azakia. Elle est dans ses
bras ; elle l'a enlacé avec les siens.
Ses baisers, ses caresses , ses gestes
rapides et bizarres, peignent l'ivresse,
le délire. « C'est lui ! » ne cesse-t-elle
de répéter , en criant de toute l'éten-
due de sa voix ; « c'est Nosrou ! c'est
» ma vie ! c'est l'ame d'Azakia ! Viens,
» Zémia , viens dans les bras de ton
» père ! Viéns partager le bonheur
» d'Azakia. Plus rien , plus rien ne
» nous séparera de Nosrou. »

Ce que je vois , ce que j'entends ,
les traits que je crois reconnaître ,
tout me précipite sur les traces
d'Azakia. J'accours, j'arrive. . . . . .
Ce n'est plus une ressemblance incer-
taine. C'est M. de Vaissy lui-même.
Je jette un cri ; je vole dans ses
bras.

bras. Mes facultés restent suspendues par la surprise, par l'abondance et la force des sensations. Bientôt j'en retrouve l'usage. C'est pour le couvrir de baisers, l'accabler de caresses, l'étreindre contre mon sein.

« O mon père ! mon père ! Depuis
» long-tems, le cœur de Victorine....
» — Ma fille ! ma femme ! Ma chère
» Azakia ! ma chère Zémia !... —
» Mon Nosrou ! — Mon père ! —
» C'est elle ! — C'est lui ! — Je les
» retrouve ! — Il est dans nos bras !
» — Azakia ! Zémia ! — Nosrou !
» — O bonheur ! — O jouissances
» célestes !...... »

Un long tems s'écoula avant que nous pussions articuler autre chose. Enfin, M. de Vaissy nous dit que,

II.   R

s'étant trouvé chez Madame d'Allgane au moment où elle avait reçu ma lettre, il avait apperçu le papier d'Azakia (1); que cette vue l'avait frappé; que bientôt instruit par les réponses de Madame d'Allgane à ses questions...... « Ah ! Dieu ! » dit Azakia, « pourquoi n'ai-je pas écrit » plutôt ? Les flots se sont joués des » baisers que je leur ai confiés pour » toi. Ils auraient respecté cette amu- » lette. Tu aurais su que ton Azakia » vivait, qu'elle t'aimait. Tu serais » accouru; et, depuis long-tems Aza- » kia ne souffrirait plus. »

Marotte parut dans ce moment.

---

(1) Le papier découpé en forme de cœur, page 186.

« Viens , bonne Sœur , viens vîte le
» voir , l'admirer , mon Nosrou !
» Regarde ! Le Ciel me l'a rendu !
» Il n'y avait ici qu'un méchant, il
» est mort. C'était le dernier feuillet
» noir du destin. Tout est bonheur
» à présent pour nous. Rendons-en
» graces à votre Dieu , au mien... »

Elle se met à genoux ; et commen-
çant un hymne dans son langage.......
M. de Vaissy l'arrête. — « Ma chère
» Azakia a oublié les leçons de Nos-
» rou ! — Oh ! non , non ; mais ton
» Dieu n'exauçait pas les vœux d'Aza-
» kia. Azakia ne le croyait pas plus
» puissant que les siens. A présent
» qu'ils sont exaucés, dis si tu veux
» que ce soit lui que j'en remercie :
» dis ce que tu exiges de moi. Mon

» bonheur, tu le sais, est d'obéir à tes
» moindres desirs. — V'là qu'est bon,
» dit Marotte, gn'y a pas de mal aux
» sourds de ne pas entendre : mais,
» lorsqu'on peut entendre, faut pas
» faire le sourd. Quand voulez-vous
» un Prêtre, pour lui apprendre son
» cathéchisme ? Je me charge, moi,
» de le lui faire répéter. — Tout de
» suite, tout de suite, puisque Nos-
» rou le desire. Jamais d'intervalle
» entre sa volonté et mon obéissance.
» — Un moment, » reprit Marotte,
« un moment, s'il vous plaît; vous gâ-
» teriez nos maris : mais ça se corrige
» toujours assez. C'est d'avoir un
» Prêtre qu'il s'agit à présent; et de-
» main vous en aurez un. — Ecoute,
» bonne Sœur ; donne-moi celui qui

» était auprès de ce méchant, quand
» il est mort. Ce qu'il lui a dit m'a
» pénétrée. »

Il vint en effet le lendemain. Mon
père, Monsieur, Mademoiselle de
Belgis, et moi, Marotte même,
nous le secondâmes. Elle avait déjà
été instruite autrefois. Son intelli-
gence, le desir de faire ce qui plaisait
à son époux...... En peu de tems,
elle fut en état de recevoir le sceau
du Christianisme ; et, tout de suite
après, son union avec M. de Vaissy
fut consacrée par la Religion.

CHAP. XXI ET DERNIER.

IL ne manquait plus à notre bonheur que de retourner dans notre patrie. Le méchant coupable envers elle, ou l'innocent que l'on y persécute, peuvent seuls y renoncer. Loin de sa patrie, on est en exil; et l'on consume sa vie à regretter des jouissances aussi indéfinissables qu'attachantes, que rien ne peut remplacer. Nous étions d'ailleurs rappelés dans la nôtre par l'amitié de Monsieur et de Madame d'Allgane, et par les affaires de M. de Vaissy : mais, quand nous parlâmes de ce projet, Marotte et

Va-de-bon-cœur se désespérèrent : ils ne pouvaient nous suivre , celui-ci étant déserteur.

Verval , de son côté , en retournant en France , desirait de rentrer convenablement au service. Son remplacement , sans être aussi difficile à obtenir que la grace de Va-de-bon-cœur , devait cependant rencontrer beaucoup d'obstacles ; mais M. de Vaissy avait une parente qui , étant placée auprès d'une Princesse , pouvait aider à les surmonter. Il eut recours à son entremise . . . . . Pouvions-nous douter du succès ?

LA PRINCESSE , à laquelle cette parente a le bonheur d'être attachée , est un de ces êtres rares que le Ciel place quelquefois sur la terre pour la consolation des mortels. Heureuse du bien qu'Elle fait, aimant à se dérober à l'éclat de son rang, uniquement occupée d'œuvres charitables, Elle se dévoue à des travaux qui ont le pauvre pour objet. La vue de l'infortuné, dont ses bienfaits ont tari les larmes, est le spectacle le plus doux pour Elle. Tout ce qui l'approche est heureux, et la chérit : c'est une mère entourée d'enfans dont la confiance égale la tendresse et le respect. Auprès d'Elle, la sollicitation n'est point craintive, et n'a pas besoin de choisir les momens. Sans cesse on peut avec assurance implorer sa bonté pour l'être vertueux qui gémit sous le poids du malheur. On est sûr, au contraire, d'acquérir des droits à sa faveur, en

présentant des occasions à sa bienfaisance ; et c'est par le zèle avec lequel on
sert ce penchant de son cœur , qu'Elle
apprécie les personnes qui se consa-
crent à son service.

La parente de M. de Vaissy , digne
par sa sensibilité d'être attachée à
L'AUGUSTE PRINCESSE , dont j'ai osé
essayer d'esquisser quelques traits ,
s'empressa, non-seulement de sollici-
ter la grace de Va-de-bon-cœur , mais
encore de seconder le vœu de Verval.
La PRINCESSE ne put entendre , sans
en être touchée jusqu'aux larmes , le
récit des persécutions que nous avions
éprouvées.

Mon mari eut son remplacement.

Va-de-bon-cœur , dont les anciens
Officiers rendirent les témoignages
les plus avantageux , fut admis au

nombre de ces utiles vétérans qui, après avoir exposé leur vie au service de la patrie, en emploient les derniers jours à assurer contre les brigands l'existence et les biens de leurs concitoyens.

Dans le voisinage de la terre de M. d'Allgane, il s'en trouva une à vendre. Mon père en fit l'acquisition.

M. de Belgis et sa fille ont bien voulu s'y fixer avec nous.

Va-de-bon-cœur est attaché à la brigade de notre canton.

Marotte, quoique concierge du château, ne s'en est pas moins remise à soigner les pauvres malades ; et, par ce qu'était sa gaieté au milieu même de ses regrets, on peut juger ce qu'elle est, à présent que cette bonne personne n'a plus rien à desirer.

Des enfans aimables sont venus combler mes vœux ; et ma vie est une suite continuelle des plus douces jouissances. Je les dois à de vrais amis, à un père et une mère aussi tendres que respectables ; à une famille inté-ressante, et à un époux chéri, qui semble n'exister que pour s'occuper de mon bonheur.

F I N.

Livre du Destin

C'était le d.er feuillet noir. Azakia page 195

Comp. et Del. GORJY.

TABLE

Des chapitres contenus dans ce volume.

---

(205)

II. S

Fin de la table.

APPROBATION.

J'AI lu, par ordre de Monseigneur le Garde-des-Sceaux, un manuscrit intitulé *Victorine* ; et je n'ai rien trouvé qui puisse empêcher l'impression de ce Roman. A Paris, ce 4 Février 1789.

TOUSTAIN-RICHEBOURG.

PRIVILÈGE DU ROI.

LOUIS, par la grace de Dieu, Roi de France et de Navarre : A nos amés et féaux Conseillers, les Gens tenans nos Cours de Parlement, Maîtres des Réquêtes ordinaires de notre Hôtel, Grand-Conseil, Prévôt de Paris, Baillifs, Sénéchaux, leurs Lieutenans-Civils, et autres nos Justiciers qu'il appartiendra : SALUT. Notre amé le sieur Guillot, Libraire, Nous a fait exposer qu'il desirerait faire imprimer et donner au Public *Blançay* , *par l'Auteur du Nouveau Voyage Sentimental* , *Victorine* , *par l'Auteur de Blançay* ; s'il Nous plaisait lui accorder nos Lettres de permission pour ce nécessaires. A CES CAUSES, voulant favorablement traiter l'Exposant, nous lui avons permis et permettons par ces Présentes, de fa ie imprimer ledit Ouvrage, autant de fois que bon lui semblera, et de le faire vendre et débiter par tout notre Royaume, pendant le tems de cinq années consécutives, à compter du jour de la date des Présentes. FAISONS défenses à tous Imprimeurs , Libraires, et autres personnes , de quelque qualité et condition qu'elles soient, d'en introduire d'impression étrangère dans aucun lieu de notre obéissance. A LA CHARGE que ces Présentes feront enregistrées tout au long sur le Registre de la Communauté des Imprimeurs et Libraires de Paris, dans trois mois de la date d'icelles ; que l'impression dudit Ouvrage

sera faite dans notre Royaume, et non ailleurs, en beau papier et beaux caractères,
que l'Impétrant se conformera aux Régle-
mens de la Librairie, et notamment à
celui du 10 Avril 1725, & à l'Arrêt de
notre Conseil du 30 Août 1777, à peine
de déchéance de la présente Permission ;
qu'avant de l'exposer en vente, le Manuscrit qui aura servi de copie à l'impression
dudit Ouvrage, sera remis dans le même
état où l'Approbation y aura été donnée, ès
mains de notre très-cher et féal Chevalier
Garde-des-Sceaux de France, le Sieur BA-
RENTIN ; qu'il en sera ensuite remis
deux exemplaires dans notre Bibliothèque
publique, un dans celle de notre Château du Louvre, un dans celle de notre
très-cher et féal Chevalier, Chancelier de
France, le Sieur DE MAUPEOU, et un dans
celle dudit Sieur BARENTIN. Le tout à
peine de nullité des Présentes ; du contenu
desquelles vous mandons et enjoignons de
faire jouir ledit Exposant, et ses ayans-

cause pleinement et paisiblement, sans souffrir qu'il leur soit fait aucun trouble ou empêchement. VOULONS qu'à la copie des Préfentes, qui sera imprimée tout au long au commencement ou à la fin dudit Ouvrage, foi soit ajoutée comme à l'original. COMMANDONS au premier notre Huissier ou Sergent sur ce requis, de faire, pour l'exécution d'icelles, tous Actes requis et nécessaires, sans demander autre permission, et nonobstant clameur de Haro, Chartre Normande, et Lettres à ce contraires : Car tel est notre plaisir. Donné à Paris, le vingt-cinquième jour du mois de Février, l'an de grace, mil sept cent quatre-vingt-neuf, et de notre règne le quinzième.

LE BÉGUE.

Registré sur le Registre XXIV de la Chambre Royale et Syndicale, des Libraires et Imprimeurs de Paris, N°. 1940, folio 138, conformément aux dispositions énoncées

dans la présente Permission ; et à la c
de remettre à ladite Chambre les neuf e
plaires prescrits par l'arrêt du Conseil a
Avril 1785. à Paris le 6 Mars 1789.

KNAPEN, *Syndic.*